太陽の標
星の剣
The 12th Volume Of The Corsair Series
〜コルセーア外伝〜

太《たい》陽《よう》の標《しるべ》　星《ほし》の剣《つるぎ》

〜コルセーア外伝〜

水《みな》壬《み》楓《ふう》子《こ》

ILLUSTRATION

御《み》園《その》えりい

CONTENTS

太陽の標　星の剣
～コルセーア外伝～

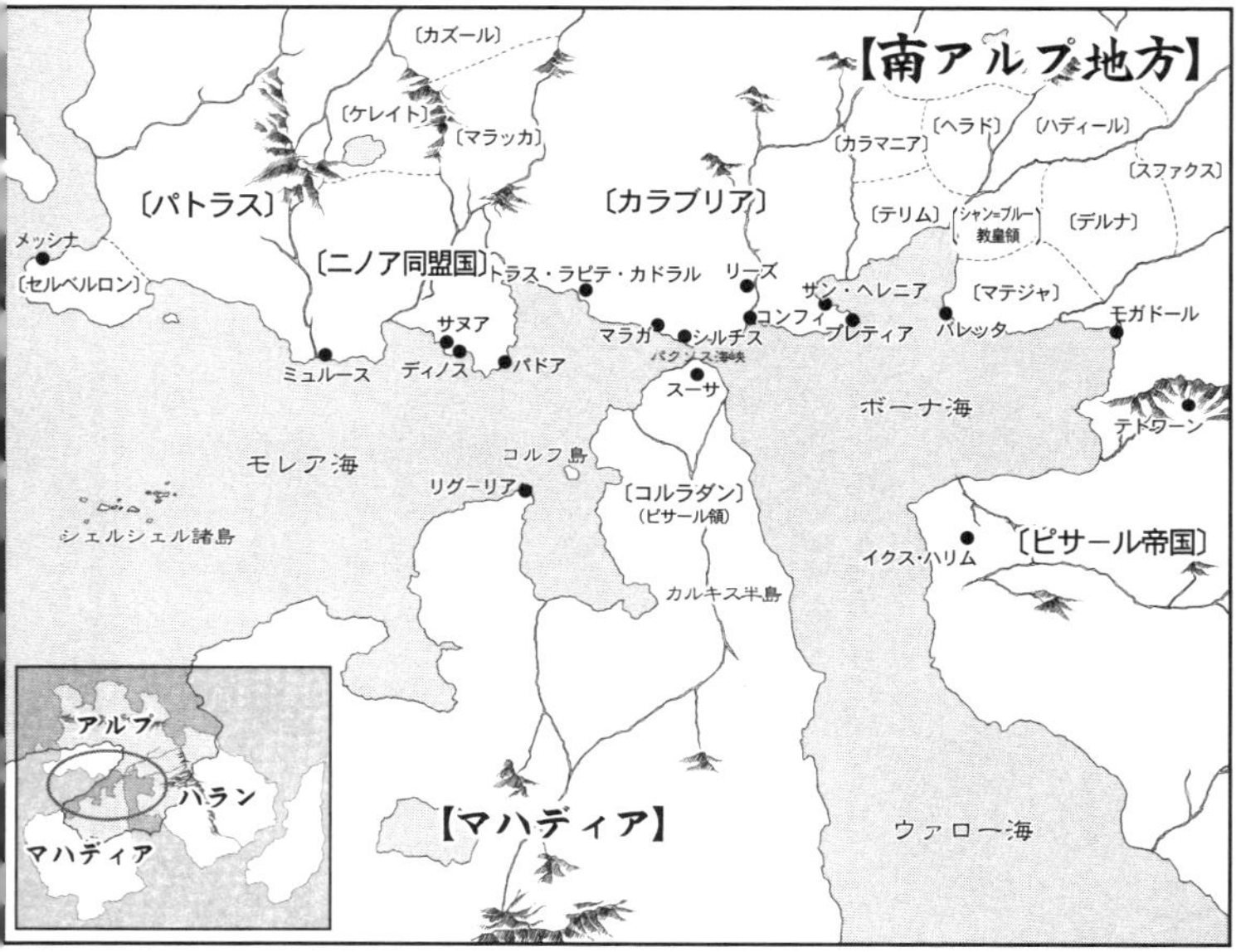

illust.御園えりい

太陽の標　星の剣

〜コルセーア外伝〜

プロローグ

「明日、明後日《あさって》には都に入りそうだな」

ナナミが急ぎ足で指定された場所――小さな寺院の脇《わき》だ――にたどり着いた時、すでに相手は来ていたようだった。

楽しげな大通りの喧騒《けんそう》を遠くに聞きながら、わずかに息を弾ませて足を止めたとたん、建物の角の向こうにいるらしい男の影が、ささやくように言葉を落とす。

相手の方が早く、こちらの姿を確認していたらしい。さすがに夜目が利く。あるいは、仕事柄、というべきだろうか。

「ええ、そう聞いています。……順調に都入りするわけですね」

ナナミは息を整え、わずかに壁にもたれかかるようにしながら、ゆったりと腕を組んだ。

何について話しているのかは、おたがいによくわかっている。

「それにしても…、数百年の歴史がずいぶんとあっさり崩壊したものですね」

小さく鼻を鳴らし、あえて辛辣《しんらつ》に言ったナナミに、物陰から吐き出すような言葉が返る。

「タイミングが悪かったのだ…！　少しばかり長老や神官たちの中で対立があって、ゴタゴタしていた時期だったからな。里の守りも手薄だった」

「新旧の世代交代による心情的ないざこざですか？　しょせん、シャルクも人の子ということですね」

派閥のように二つに分かれていたことで、かつてのような一枚岩の守りができなかったということだ。

神への忠誠――盲信、と言ってもいい――でつながっている組織も、結局は人間だ。欲や嫉妬《しっと》や愛憎や…、どこにでもある下世話な感情に判断が左右される。

　そんなナナミの嫌みを黙殺し、男が低く続けた。

「だがテトワーンが陥落しただけで、シャルクが滅亡したわけではない。……ハシール様はまだ生きておられる」

　いくぶん意味ありげなその言葉に、ナナミはわずかに眉《まゆ》をよせた。

「ハシール様…？　新しい長老ですか？」

「ああ。前長老が亡くなられたあと、すぐに立たれた」

　つまり対立していた長老が死んだあと、すぐにもう一派の頭首が名乗りを上げた、ということなのだろう。

「しかしテトワーンの陥落とともに、里を守っていた暗殺者たちはすべて死んだのでは？」

　多くは戦闘中に殺され、残った者たちは自刃したと聞いていた。

「ああ、シャルクの戦士たちはな。だがハシール様は神官出身で剣をとられるわけではない。あの男はハシール様を捕らえ、密《ひそ》かに都へ連れ帰ってくるらしい」

　あの男――、と憎々しげに言われたのは、ヤーニ・イブラヒムだ。

　ピサールの宰相にして、軍総帥。

　今回のテトワーン攻略の最前線に立ち、指揮を執った。

「いろいろと聞き出したいことがあるのだろうな。テトワーンが陥落したとはいえ、シャルクの隠れ家は世界中にある。協力者や…、暗殺の仕事を頼んでくる権力者も多い。独自の薬の製法や、販路や…。

抜け目のない男だ。もっとも、長老がそのすべてを把握しているわけでもなかろうが」

男が忌々《いまいま》しげに鼻を鳴らす。

「ではあなたは、その時、テトワーンにはいなかったわけですね。こうして生きているということは」

ナナミは確認するように尋ねた。

「ああ。あの男がテトワーンへの攻撃を公にしてから里を守りにもどった戦士たちも多いが、俺《おれ》は別の仕事に入ったところだったからな。前長老からは、浮き足立つなという指示も出ていた。……まあ、考えがあってのことだったんだろうが、それも不発だったわけだ」

「もちろん、そうでしょう。結局、前長老も倒されたわけですから」

あっさりと返してから、ちょっと考えながら言った。

「それで…、どうするつもりなのです？　わざわざ私《わたし》につなぎをとったということは、やらせたいことがあるのでしょう？」

「むろん、そうだ。ハシール様は大宮殿《ラマ・ガハル》の中の、どこかの牢《ろう》に監禁されるだろう。そこで密かに尋問が行われるはずだ。なにしろ、長老を生きたまま捕らえたことすら、限られた人間しか知らぬことだからな。居場所が公表されるはずはない。おまえにはその場所の特定と、俺がラマ・ガハルの中へ入る手筈《てはず》を頼みたい」

「奪還するつもりですか？」

わずかに眉をよせて尋ねたナナミに、男がハッと息を吐く。

「当然だろう？　シャルクを建て直し、新たなテトワーンを建設するには、長老の存在が必要だ」

「まだ私の耳にも入っていない情報をお持ちなのは

さすがですが、しかし…、それがわかっていたのなら、都へ入る前の帰還途中で奪還する方が簡単だったのではないですか？　大宮殿《ラマ・ガハル》から長老を連れ出すのは、かなり難しいでしょう」

「仕方があるまいっ。必要な手がそろわなかったのだ…！」

いかにも皮肉なナナミの口調に、男がいらだたしげに声を上げた。

「一個師団の中に紛れさせていたのだぞ？　俺一人で軍の中につっこむこともできまい。今、各地に散っている戦士たちが集まって、今後を話し合うにも時間がかかる。ともかく、俺がやれることをやらねばな」

「ご立派なことですね。この先、シャルクは残党狩りの憂《う》き目に遭《あ》うだけでしょう。さっさと逃げ出した方が利口だと思いますが？」

うそぶいたナナミに、男がこらえきれないように潜んでいた陰から腕を伸ばし、ナナミの襟元《えりもと》をつかみ上げた。

ぐっ…、と一瞬に喉《のど》がつまり、ナナミは必死にあえぐ。

「きさまに何がわかる…！　いく人もの同志が惨殺《ざんさつ》され、里を失ったのだぞっ！」

暗く淀《よど》んだ眼差《まなざ》しが、憎しみをたぎらせてナナミをにらみつけてくる。

目深にフードをかぶった相手の顔は、暗闇《くらやみ》の中でよく見えなかったが、むろん知っていた。

ハイサム――という名の、ナナミに暗殺技を教えこんだ男だ。

シャルクの暗殺者。それも、「黒の執政官《カラ・カディ》」と呼ばれる、長老直属の暗殺部隊の一人だ。

ギジル・ハイヤ――赤い蛇《へび》の呼び名を持つ大物。

……らしい。

いく人か、ピサールの要人の暗殺を成功させ、署名のように残したそのコード名だけは恐怖とともに執政官たちの心に刻みこまれている。

かつて、今の司法長官であるセサーム・ザイヤーンの妹を拉致《らち》し、陵辱《りょうじょく》したあげくなぶり殺し、その遺体を見せしめのように人目にさらした残忍さは際立っていた。

それでも目の前に立っているのは、中肉中背の、一見どこにでもいるような特徴のない男である。

行商人や、医師や、小作人や、いろんな姿に身をやつしているところを見たことはあるが、本性を隠している時には、本当に「普通の男」だった。

ナナミよりも十歳は年が上だが、つきあいはかなり長い。初めて会ったのは、ナナミが九つの時だっただろうか。

だが、長いつきあいだからといって、親しいわけではない。

ただナナミとしては、幼い頃から見知っている男であり、噂《うわさ》で聞くような伝説的な恐怖や存在感を覚えたことはなかった。

もちろん冷酷で無慈悲《むじひ》な男だとは知っていたし、この男にとって自分のような子供が脅威にはなりようがなく、その本質の一部しか見せていなかった、ということなのだろうが。

いつも冷静な男だと思っていたが、さすがにテトワーン陥落というのは、この男にしても衝撃と動揺は大きかったらしい。いつにないいらだちやあせりが明らかに見えた。

「あなたの苦悩などわかるわけないでしょう。幸か不幸か、私は生粋のシャルクというわけではありませんからね。テトワーンへ行ったこともありませんし、長老と呼ばれる方にお目にかかったことすらない」

唾《つば》がかかるほどの勢いでわめかれたが、ナナミは息苦しい中でも平然と言い捨てる。

「……ああ、もっともすぐに、長老にはお会いする機会があるのかもしれませんけどね」

いかにも意味ありげなその口調に、男の目がさらに獰猛《どうもう》に光った。

息を殺し、男が奥歯を嚙《か》みしめる。

「おまえが…、ピサールへの恨みがあって我らに協力しているのは知っている。だが、シャルク・アームジーの主義に同調しているわけではない、というわけだな」

「ええ、そうですよ。この国の貴族たちの妙なプライドや驕《おご》りには吐き気がする。しかしこの大きな帝国を倒すには、内から楔《くさび》を打ち込むしかない。だからこそ何年も苦労して、あえて中へ入りこんだのですから」

さらりとナナミは言った。そして、ちらっと口元で笑ってみせる。

「あなた方のしていることも、端から見ているとバカさ加減に笑えますけどね。何百年もかけて、たった数人を暗殺しただけで、いったい何が変わったというのです？　帝国にヒビ一つ、入れることはできていないでしょう。もっとやり方を考えたらどうですか」

「正しい信仰もない者が何をほざく…！」

叫んだかと思うと、ハイサムの手に力がこもり、喉がさらに締まった。

さすがに息苦しさを覚えながらも、ナナミはにやりと笑ってやった。

「私を殺す気ですか…？」

冷静なその言葉に、ハッと男の手が止まった。

クソッ、と吐き出し、荒々しくナナミの身体《からだ》を突き放す。

ふぅ…、とナナミは息をつき、締められた喉元をこれ見よがしに撫《な》でた。

「手荒なことはやめてください。何が正しい信仰なのかは知りませんが、ハシール様が…、シャルクの長老が捕らえられた今、奪還するつもりならば私の助けが必要なのでしょう？」

うそぶくように言ったナナミに、男が舌打ちする。

「相変わらず、可愛《かわい》くねぇガキだな。……昔はよく俺のところに小遣いや食べ物をねだりに来てたくせによ」

そして片頬《ほお》にいびつな笑みを浮かべ、思い出したように口にした。なかば、嫌がらせみたいに。

「違いますね。単なる交換条件でしょう？　その分、あなたは私の身体を楽しんだし、私に暗殺技まで教えこんだ」

強いて平然と言い返したナナミに、男が低く笑う。

「どっちも、おまえは悦《よろこ》んで学んでいたぞ？　昔から何でも物覚えはよかったしな。暗殺技は自分の身を守る役に立っただろうし、身体の方も…、退屈な僧侶《そうりょ》どもの相手になるよりは、ずっと楽しんでいたはずだが？　……どうだ？　ひさしぶりに」

「やめてください」

顔をしかめ、意味ありげに伸びてきた手をピシャリとナナミは打ち払った。

「まあ、あなた方とは共通の敵があるのですから、裏切ったりはしませんよ。シャルクの暗殺技と薬の効能には感心していますしね。とても役に立つ。もっとも私がシャルクに生まれていれば、せっかくの組織をもっと上手《うま》く使えたとは思いますが。――つっ…！」

淡々と言ったナナミの顎《あご》が、いきなり男の手でつかまれた。指が頬に食いこんでくる。

「分をわきまえることだな。おまえ一人の力で、ここまで来られたと思っているのか？　我らが邪魔な人間を排除してやったからだろうがっ」

「私が…、頼んだことではありませんよ。あなた方が勝手にやったことでしょう？　私は自分の力だけでも、ここに来ていました」

息をつめるようにして言い切ったナナミに、男が凄《すご》みのある笑みをみせた。

「思い上がるな。おまえの命は俺の手の中にある。おまえの代わりになる人間など、いくらでもいるのだということを覚えておけ」

さすがにゾクリと肌が震えたが、それでもナナミはなんとか目を逸《そ》らさずに男を見返した。

薄闇の中で、男としばらくにらみ合う。

「……ともあれ、ハシール様がシャルク最後の長老とならないように手を打つことが先決なんじゃないですか？」

ようやく言葉を押し出したナナミに、ああ…、とうなずいてハイサムが手を離す。

「それと、ヤーニ・イブラヒム…、あの男の首はもらわねばな。ヤツは今度の遠征で名声を上げた。あの男に死の制裁を与えぬ限り、シャルクの威信はとりもどせまい」

「ダメですよ。宰相閣下は私の獲物です」

低く言った男に、ナナミはぴしゃりと返した。

それに、ああ…、と思い出したように男がうなずく。

「そうだったな。幼い頃《ころ》の食い物の恨みは恐ろしいということか。昔、盗みをしたところを見つかって、あの男に捕まったんだったか？」

顎を撫で、おもしろそうにハイサムが笑う。

いかにも子供じみたことだ、という感覚があるのだろう。そしていつまでもそんなことにこだわっているナナミを嘲《あざけ》っている。

「あちらは覚えてなどいないでしょうけどね。これは食べ物の恨みではなく、プライドの問題なんですよ」

しかし淡々とナナミは言った。

他人にとってみれば、つまらないことかもしれない。だがそんな、幼い頃のほんの些細《ささい》な出来事が、人生を変えることもあるのだ。

「恥をかかされたというわけか？　まあ、ここまで来れば、あの男の始末はおまえに任せてもよいだろうな。案外、おまえのような素人の方が、ああいう男には近づきやすいのかもしれん」

つぶやくように言うと、ふと、好色な眼差しでナナミを見つめてくる。

「色仕掛けでもしてみたらどうだ？　おまえの身体も、悪くはなかったぞ？」

「あの方にそれは無駄でしょう。けれど、私はセサーム様の信頼を得ていますからね。逆の意味で…、あちらから興味を持たせることはできると思いますよ」

ナナミは薄く微笑《ほほえ》んだ。

「間違いなく、仕留めます。そのためにここまで来たのですから。けれどせっかく苦労して今の地位まで来て、殺したあとに捕らえられるつもりはありませんからね。よい機会を狙《ねら》うつもりですよ」

そう言って、ちらりと男を見上げる。

「あなたが長老の奪還に動くのでしたら、ちょうどいいかもしれませんね」

「ふん…。あの男を殺して、俺の仕業に見せかけるつもりか？」

さすがに察しはいい。

「かまわないでしょう？　だいたいあなたが手にかけたということにした方が、シャルクとしても面目が保てるのでは？」

「おまえに短剣の使い方を教えたのは俺だ。暗殺技や、身体の使い方もな。間接的に俺が手を下したとも言えるわけだ」

男がにやりと笑う。

結局のところ、この男にとって自分は道具の一つだということだ。

もちろん、わかっていたことだったが。

「また連絡する。長老の様子と、居場所だけは把握しておけ」

低く男が命じ、するりとその姿が闇へ溶けていった。

気配が完全に消えてから、ナナミはふっ…と息をつく。

いよいよ、その時が来るということらしい。

間に合ってよかった、と思う。

ようやく内宮への仕事に移れて、三カ月だ。おかげで、動きやすくなった。

ナナミは真夜中過ぎの――しかし、兵士たちが遊んで帰るにはまだ少し時間の早い道を、ゆっくりと大宮殿へ向けてたどっていった。

途中、にぎやかな歓楽街を抜けて行く。

夜もかなり更けていたが、まだまだこのあたりでは宵《よい》の口なのだろう。相当な人混みだ。

男たちが酔ってバカ騒ぎする声や、大きな笑い声、女たちの嬌声《きょうせい》が、あちこちから響いてくる。

猥雑《わいざつ》な活気が、夜の空気を押し包んでいた。

そんな通りを酔っ払いを避けながらさらに進んで行くと、遠く真正面に、闇に沈む大きな宮殿の影が見えてくる。

帝国ピサールの都イクス・ハリムの一角にそびえ立つ、大宮殿《ラマ・ガハル》。

皇帝の暮らす居城だ。

大宮殿という呼び名ではあるが、城壁に囲まれたその広大な敷地は、そこだけで一つの街を形成していた。

基本的には、皇帝や王族の住まう奥宮と、政治の中枢である内宮、そして実際に執行を指示したり、監督したり、周辺の庶務を行う外宮とに分かれている。そこからさらに礼拝堂や大劇場、貴族たちの屋敷や、馬場や教練場、一部兵士の宿舎や下級官吏《かんり》たちの宿舎などが四方へと広がっていた。

外宮では、一般の民からの進言や申し立て、地方からの陳情、訴訟などを受け付けているため、その一部は庶民も自由に立ち入りを許されている。

帝国中、いや、諸外国からもさまざまな人々が連日押しよせるだけに、外宮から城門を挟んだすぐ外側あたりには宿が密集していた。

自然とその周辺には飲み屋が増え、男たちが集まり、そしてそれにともなって、相手をする女たちも増えていく。

あたりの下町を呑《の》みこんで、次第に大きな歓楽街を形作り、夜な夜な大宴会が開かれている宮殿の奥と同様、華やかな都の夜を楽しむ人々や、仕事に疲れた官吏や兵士たちの不夜城となっていた。

今では、この夜の街を目当てに訪れる地方の客も多いのだろう。

ようやくそんなにぎやかな通りを抜け、混沌とした喧騒が遠くなると、ふと気がついて、ナナミは外れかけていたストールを頭から首のまわりに巻き直した。

大宮殿へと続く大通りは、昼間は陳情に訪れる人人で溢《あふ》れているが、この時間はさすがにほとんど人通りもない。

夜の大宮殿は、正門や通用門の多くが閉ざされており、中に暮らす兵士や官吏たち専用に、夜間は数カ所が通行できるようになっているだけだ。

その一つに近づくと、門前には赤々とした松明《たいまつ》が灯《とも》され、当番の兵士が退屈そうに立っていた。

ここから見る限り、外宮の建物はしん…と静まり返っていたが、遥《はる》か先にある奥宮あたりでは、今日も明るく、にぎやかに宴会が繰り広げられているのだろう。

——暢気《のんき》なことだな…。

多くの王族や貴族たち。連中は危機感も何もなく、遊びほうけているだけだ。

さっきすれ違った酔っ払いのオヤジどもと何も変わらない。

国を守り、治め、導く義務があり、その責任を果たしてこそ、それだけの贅沢《ぜいたく》が許されているはずなのに。

内心で冷笑しつつ、ナナミは門番に近づいた。

まだ若い男だ。当直は何人かで受け持っているはずだが、一番下っ端の人間が長く立たされているのだろう。

「ご苦労様です」

いつになく愛想よく挨拶《あいさつ》をして、通行証を示してみせると、門番がそれを確認し、ナナミの顔も確かめてからうなずいた。

「ずいぶん早いお帰りですね」

酒か、女か。遊んで帰ってきたにしては、ということだろう。

少しばかりうらやましそうな顔をした男に、曖昧《あいまい》に微笑んで返すと、ナナミは落ち着いて城壁の中へと入った。

ここからさらに、ナナミが今の部屋を与えられている内宮へ入るには、二つの検問を抜けなければならない。

警備は厳重だった。

それだけ、限られた人間しか入ることが許されない場所である。

やっと、ここまで来たのだ。

十年以上もの時間をかけて。

ようやく、近づくことができた――。

1

この日の朝、ピサール帝国の司法長官であるセサーム・ザイヤーンが目覚めたのは、いつもと同じ時刻だったはずだ。

「おはようございます」

耳馴染《なじ》みのあるわずかに高い声が、日々の習慣通りに覚醒《かくせい》を始めていた意識の中へやわらかくすべりこんでくる。

側《そば》仕えをしている、まだ十五歳のアミルという少年だ。

高い天井から下がるどっしりと重いカーテンが次次と手際よく開かれ、朝の日差しが寝台のまわりにめぐらされた薄絹を通して、やわらかく差しこんでくる。

ふだんと同じ朝の様子だった。

が、その中にも、いつになく窓を通して遠く聞こえてくる外の喧騒に、上体を起こしたセサームはわずかに首をかしげた。

「今朝はずいぶんと騒がしいな」

何か特別な行事でもあっただろうか、と、乱れた前髪を掻《か》き上げながら、いくぶん目覚めきれていない頭で考える。

「本日はヤーニ様がご帰還されるからですよ。そろそろだと先日、連絡がありましたでしょう？　お忘れですか」

朝の珈琲《コーヒー》をトレイにのせて近づいてきたアミルが、いくぶんあきれたように目を瞬《またた》かせた。

「ああ…」

その言葉に、知らずセサームの動きが止まる。

「今日、か……」

いよいよ、というその知らせが、朝のうちにも届いたらしい。

ハマード教イタカ派を信奉するピサールにとって数百年の悲願だった、「異端」アームジー派、その最右翼であるシャルク・アームジーの殲滅《せんめつ》と、隠れ里であるテトワーンの攻略という偉業を成し遂《と》げて、ヤーニが凱旋《がいせん》してくるのだ。

忘れていたわけではない。

が、まさしく命がけでその討伐を果たし、これより無事に帰還する、という一報を受けてから、セサームはそれまでの緊張が一気に解けていたのだ。

無事に帰ってくる――と。

安堵《あんど》すると同時に、現金なもので、怒りがぶり返していて。

そもそも、軍総帥を兼任しているにせよ、帝国宰相という要職にある人間が、自ら先頭に立って戦地に赴いていいはずがない。考えなしにもほどがある。

しかしこの歴史的な勝利には、帝国中が沸《わ》き立っていた。

もともと庶民に人気が高い男だけに、帝国民の熱狂は理解できる。

そしてヤーニの帰都にあわせて、ピサール皇帝はいつになく盛大な凱旋式典を用意していたのだ。

まずはヤーニの軍が都であるイクス・ハリムへ入ったところから絢爛《けんらん》たるパレードが行われ、そのままピサール最大の寺院にてハマードの神と祭主への拝礼、さらに公式な皇帝への謁見《えっけん》で戦勝報告をし、それからおそらく、数日にもわたって華やかな宴《うたげ》が催《もよお》される。

自らの命を賭《と》したその功績がたたえられるのは当然だが、すでに帝国宰相という、王族をのぞけば国の最高位にあるヤーニに、これ以上の地位で報いることはできない。

そのため、ヤーニには多額の報奨金と領土が与えられることになるはずだった。

その他《ほか》、王族が同席する中でもすわったままでかまわない特権とか、望む時にはいつでも皇帝へ謁見できる特権とか……だろうか。

本人がそんなものを望んでいるとは思えないが、とりあえず名誉なことではあり、まさに栄華を極めたと言えるだろう。

ピサールのほんの片田舎の、両親からして何の身分もなかった貧しい家の出で、よくもここまで成り上がったものだ。

それを思うと、ふっと口元に笑みが浮かんでしまう。

決して侮《あなど》っているわけではない。本当にたいしたものだと、あきれるほどに感嘆する。

さすがだな…、と。

出会った十歳の子供の頃から、確かに非凡な男だったが。

ともあれ、英雄の帰還にともなって、これからしばらくは盛大な行事が目白押しになるわけだった。

いよいよそのヤーニの部隊が都に入るということで、大宮殿中が朝から出迎えの準備に追われているらしい。

「楽しみでございますね。ヤーニ様のお顔が拝見できるのも、ひさしぶりでございますし」

本当にうれしそうに、アミルが朗らかに言葉を続ける。

差し出されたトレイから珈琲のカップをとりながら、セサームは軽く肩をすくめた。

「長く留守をされたおかげで、あいつの仕事はたまる一方だったし、私にもずいぶんとばっちりがきたのだけどね」

「またそのようなことを…」

いくぶん素っ気ない物言いに、アミルが小さくため息をつく。

セサームとしてもうれしくないわけではなかったが、簡単に許すことができない心情でもあった。

これだけ心配させて――、と。

しかも今回の遠征は、もちろん国のためではあるが、おそらく根本的にはセサームのためなのだ。

政教が一致し、宗教法が絶対の指針となるピサールにおいて、「絶対審判者」と呼ばれ、司法の長であるセサームの名は、常にシャルクの暗殺者リストのトップにあった。

それだけでなく、実の妹がシャルクに惨殺されたことで、徹底的にシャルクと対決する姿勢を公然と示していた。

今の地位について以来、何人もの暗殺者たちを捕らえ、容赦なく処刑してきたのだ。

それだけにシャルクの恨みと憎しみを買い、いくどとなく暗殺の標的となった。

そのシャルクの攻撃を、ヤーニが自分へ向けるため、だったのだ。

「いずれにしましても、大宮殿《ラマ・ガハル》に帰られましたら、ヤーニ様の方からこちらに飛んでこられるでしょうから」

小さな肩をくすぐったそうにすくめ、アミルがいくぶん意味ありげに言った。

片足が不自由なセサームの身のまわりの世話を、ほとんど一手に引き受けているアミルだ。

ヤーニとセサームとの私的な関係も、もちろん知っている。

そうでなくとも、セサームの左足が不自由になって以来、王宮にいる時であれば、ヤーニはほぼ毎夜のように、セサームの顔を見にこの部屋へ立ち寄っていたのだ。

「どうだかね…」

しかしそれに、セサームは小さく吐息して返した。

おそらく本人はその気でも、まわりの状況が許さないだろう。

と、その時、落ち着いたノックが耳に届き、失礼いたします、と男が一人、寝室へ入ってきた。

「おはようございます、セサーム様。朝から申し訳ございません」

馴染みのある——この三カ月ほどでそろそろ馴染んできた声だ。

「ああ…、かまわないよ、シリィ」

気軽に応《こた》えると、戸口でいったん立ち止まっていた男が、ゆっくりとこちらに近づいてくる。

アミルが急いで、セサームからカップを受けとって、トレイを手元にもどした。そして一礼して、身を引く。

それと入れ替わりに、男が寝台の脇に姿を見せた。

細身の体つきで、あまり愛想がなく、その分、少しばかりきつめの印象を与えるが、繊細で整った顔立ちの男だった。

癖《くせ》のある長い髪を、いつものように無造作にまとめ上げている。

ナナミ・セルシア・ダール。

セサームは「シリィ」と呼んでいる男だ。

二十五歳というから、セサームよりは十歳ほど年下になるだろうか。

黒髪と黒い目がほとんどのピサールでは、淡い茶色の髪はめずらしい。瞳も濃い茶色で、異民族の出身だという母親譲りなのだろう。

つごう半年ほどの遠征になったヤーニの仕事が、ここ数カ月で相当に滞り、各部署への影響が出始めたため、仕方なくセサームが代理で処理することになったのだが、その補佐として数人、能力のある官吏を推薦させた。そのうちの一人だった。

もともとは臨時の補佐官という立場だったのだが、ナナミの能力を認めたセサームは、自分の手元に引き抜いたのである。

身分としては、セサームの一番新しい秘書官、というところだ。

とはいえ、今やってもらっている仕事の大半は、本来、ヤーニの部署のものなのだが。

「珈琲は？」

おっとりと尋ねたセサームに、ナナミがわずかに目を伏せるようにして答える。

「いえ…、ありがとうございます。けれど、今日はいそがしい一日になりそうですので」

それにセサームは静かに微笑んだ。

「ダメだよ。珈琲の一杯もすわって飲めるくらいの余裕はもたなくては」

「申し訳ございません」

頭を下げて答えたものの、ナナミは立ったまま手にしていた薄い革のケースから書類を数枚、取り出した。

「このような時間から恐縮ですが、取り急ぐものだけ、持ってまいりました。今日の午後には、ヤーニ閣下が大宮殿《ラマ・ガハル》に入られます。そうすると、本日の政務はほぼすべて、停止してしまうことになるかと存じますので」

「まったく面倒《めんどう》なことだな」

軽くうなずき、ゆるりと手を差し出してその書類を受けとりながら、セサームはため息をついてみせた。

「皇帝陛下には、よい宴の口実を与えたようなものだ」

ただでさえ、遊び好き、酒好き、女好きの皇帝は、何にでも理由をつけては宴を開きたがる。一週間や十日、へタをすればひと月ほども続きかねない。

「しばらくは定例会議なども見送られる予定ですし、通達や決済なども通常より時間がかかるでしょう」

セサームの愚痴《ぐち》のような言葉に、淡々とナナミが続ける。

「あの男ならば、すぐに仕事にもどるだろうが…、それでも追いつくまでにはひと月、ふた月ほどはかかるだろうな。……各所と諮《はか》って、緊急性のある事案を抜かりなく拾い上げてくれ」

「わかりました」

書類をめくって大まかに目を通しながら指示した

セサームに、ナナミが無表情なままにうなずく。

そして一瞬、口をつぐんでから、何気ないように尋ねてきた。

「セサーム様は…、ヤーニ様とはどのくらいぶりにお会いになるのですか？」

「そう、公式には半年ぶりくらいかな。非公式で言えば、四カ月くらいだろう」

セサームは小さく微笑んで答える。

実は、ヤーニは遠征してから一度だけ、秘密裏に帰国していたのだ。本人の意志というよりも、そういう状況に追いこまれて、だったが。

そのあたりの事情は、ナナミにもざっと話してあった。

「待ち遠しいでしょうね…」

わずかに目をすがめ、つぶやくようにナナミが口にした。

どちらにとって、なのか。あるいは、どちらにとっても、という意味なのか。

「まぁ、いよいよということだ」

セサームはそれにさらりと答え、いくぶん緊張したようなナナミの横顔をちらりと横目にした――。

◇　◇

アルプハラン大陸の東半分を占めるハラン地方の大半を支配する、大ピサール帝国――。

ハマード教の「正統」であるイタカ派を信奉する宗教国家である。

イタカ派の最大の守護国であるピサールは、常に「異端」であるアームジー派を根絶やしにすることを標榜《ひょうぼう》してきた。

中でも、アームジー派の最右翼であり、「暗殺教団」と呼ばれるシャルク・アームジーとは、数百年に及ぶ抗争が続いており、その歴史の中では暗殺者《アサシン》の手にかかった皇帝や王族、高官も数多い。

独自の教義と歴史を持つ彼らは、代々に磨かれた暗殺技を受け継ぎ、薬学、主に毒や媚薬《びやく》に精通し、信仰に根ざした強固な組織を形成していた。

そして、彼らにとっての「異端」であるピサールを標的とした攻撃はもちろん、資金を得るために世界各国へ職業的な「暗殺者」を送り出した。

そのシャルクの本拠地が、「暗殺者の谷」――テトワーンだ。

アリア＝タリクという一帯の険しい山岳地帯にあると言われていたが、正確な場所はわからず、長く「幻の地」と呼ばれていた。

アリア＝タリクは百年ほど前にピサールが制圧し、現在は自治領になっているとはいえ、もともとはアームジー派の部族が多く集まっていた地域だ。指導者がシャルクほど過激な教義をとっていなかったにしろ、今も心情的にはイタカ派であるピサール本国よりもシャルクに共感する住民は多く、なかなか手の出しづらい場所である。

かつて、ピサール皇帝や軍総帥がいくどとなくテトワーン攻略に乗り出していたが、成功することはなかった。場所さえ、見つけ出すことはできなかったのだ。

だがその偉業を、ヤーニがやってのけたのである。

ヤーニ・イブラヒム。

稀代《きたい》の帝国宰相であり、軍総帥を兼任する男である。

セサームとは同い年で、バーグ・ジブリールと呼ばれる僧院時代からの友人であり、ともにこの大国を動かす同志であり――二年ほど前からは身体の関係もある、おそらくは情人、と呼んでもいいだろう、相手だ。

もう知り合って二十年以上にもなって、まったく今さら、だったが。

皇帝を頂点にいただくピサールでは、最終的なすべての権限が皇帝にあるとはいえ、実質的には官僚政治である。

そして宗教国家であるだけに、高級官僚は基本的に聖職者であることが求められる。

つまり官僚のほとんどは、十歳から十二、三歳くらいまでの間にピサール各地にある「僧院」に入り、必要な知識を身につけることになる。

政治や宗教や経済、地理や歴史を学び、王族とも近しくつきあうため、詩や音楽や舞などの教養も求められた。嗜《たしな》みとしての武術も。

そして聖職者としての称号を得たのち、僧院を出て官吏として働くのだ。

地方の僧院であれば、その地域の優秀な子供たちが集まるわけだが、セサームたちが出た「バーグ・ジブリール」と呼ばれる中央の僧院はもっとも格式が高く、基本的には家柄がよく、さらに優秀な子供しか門戸をたたくことはできなかった。

だがその中で、名も知らぬ田舎の小さな村から入ってきたヤーニは、よほど優秀だったということだ。地方領主や、尊師たちの推薦状が添えられたわけだろう。

一方で、もともと都の名門貴族の生まれであり、幼い頃より「神童」と名高かったセサームが将来、大宮殿で高位に就《つ》くだろうことは、おそらく誰の目にも明らかだった。

出自もまるで違い、性格も違う。

普通であれば、出会うこともなく生涯を終えるところだろう。

十歳のあの時、僧院で一緒にならなければ。

ヤーニとは、ずっと同室だった。

彼の型破りな言動や、行動力に驚き、目が離せなかった。

その能力を認め、何度も命や名誉や将来や……おたがいに危ういところを助け、助けられて。

ともに、自分の手でこの帝国を導く——という野心を持っていた。

だが当時、本当にヤーニが帝国宰相にまで上り詰めるなどと、想像した者は誰もいなかったはずだ。

粗野で、田舎者で、まったく宮廷にはそぐわない男だと見られていたから。

まるで絵空事だっただろう。実際に、多くの同級生たちは笑い飛ばしていた。

……セサーム以外は、だ。

この国を、自分たちの手で動かす——。

その未来を見つめ、実際にその立場となり。

二十年以上もの間、自分たちは親友であり、同志だった。

もっとも、ヤーニにとっては少し違っていたのかもしれない。

僧院を卒業する少し前、十四の時に言われた言葉は、今も耳に残っている。

『ずっとおまえを愛している』

純粋で、まっすぐな子供の目で。

切なげな声で。

言葉通り、ヤーニのその眼差しは変わらなかった。

二十年がたった、今も——。

2

帝国中から偉業が讃えられる、普通ならば人生でもっとも晴れがましいこの日、ヤーニ・イブラヒムは不機嫌だった。

都の大通りを騎馬でゆっくりと進む行進《パレード》の間は、それでも民衆の歓呼の声に応えて、微笑んでみせてはいた。

実際に、ヤーニの率いていた兵たちにとっては、人生で二度とないほどの晴れ舞台になるのかもしれない。任務とはいえ、それこそ命がけで立ち向かったのだから、そのくらいの栄誉は与えられてしかるべきだ。

その栄光に水を差す気はない。

だが、寺院で神と祭主への報告を終え、ようやくのろのろとした行進も最終地点である大宮殿《ラマ・ガハル》へ到着してからも、まだ先が長かった。

……もちろん、ピサール皇帝への礼儀はあるにしても、だ。

宮殿へ入ったあと、大勢の官吏や侍従《じじゅう》たちに歓呼の声で迎えられ、そのまま奥の大広間まで先導されて、待ち構えていた王族や重臣、その他の貴族たちの前に立つ。

しかしヤーニの目は、真正面の皇帝ではなく、この場にいるはずの別の男の姿を探していた。

美しく、気高いその姿は、すぐに目に飛びこんでくる。

皇帝の玉座から一段下で、他の重臣たちの中に静かに立っていた。

常に手にしている杖《つえ》に両手を重ね、まっすぐにこちらを見つめている。

──セサーム……！

思わず、心の中で叫んだ。

顔を見ただけで心が浮き立つ。

ヤーニにとっては、この男のもとにもどる、ということだけが、長い旅の目的だったのだ。

広間に詰めかけている他の人間の姿などろくに目に入らないほどだったが、それでも皇帝の大げさな声にようやく現実に引きもどされた。

「おお、ヤーニ！　よくぞ無事に帰国した！」

玉座から立ち上がり、いかにも歓待するように両手を広げてみせる。

我に返り、ヤーニは仕方なく正面の皇帝へ視線をもどす。

拝跪《はいき》し、丁重に挨拶した。

「ただいま帰還いたしました。ハマードの神とアル・バグリー皇帝陛下のご威光を持ちまして、テトワーンを陥落させましたことをご報告申し上げ、無事に役目を果たすことができましたこと、深く感謝いたします」

蕩々《とうとう》と述べた口上に、津波のような拍手が湧《わ》き起こり、それに「おめでとうございます！」の声があちこちから混じる。

ひとしきり続いた祝辞が収まってから、皇帝が声を張り上げた。

「うむ。まさしく神の御心に叶《かな》う、素晴らしい働きであった。帝国の歴史に名を残す偉業となろう。そなたのような優れた知性と武勇、そして忠誠心を併せ持つ者は、この長いピサールの歴史にかつてなく、二度と現れることはあるまい。我が治世にヤーニ、そなたがいたとは、なんと幸せなことか！」

手放しの褒《ほ》めようである。

生まれてから常に、暗殺者たちの影に怯《おび》えていたわけだから、皇帝が今回のヤーニの成果を喜んでいることは事実だろう。

だがそれだけが、この国を挙げての盛大な祝賀の理由ではない。

皇帝陛下におわしては、まさしく「英雄」となったヤーニとの良好な関係を家臣たちの前でしっかりとアピールしておかなければならないのだ。

なにしろほんの数カ月前、皇帝は遠征中のヤーニに対して謀反《むほん》の嫌疑をかけ、捕縛の命を出していたのだから。

アリア＝タリクへの派兵自体、軍を動かす企《たくら》みがあってのことだと疑われた。

結局のところ、それもシャルクの手の込んだ陰謀だとわかったのだが、皇帝にしてみればヤーニを疑った事実は残る。つまり、皇帝の面目が失われる、ということだ。

そのため、「皇帝陛下は初めからヤーニの謀反などということは信じていなかったが、敵をあぶり出すためにそういう芝居をみんなの前でしてみせた」……という筋書きが、四カ月前に秘密裏にヤーニが一時帰国していた際、話し合われていた。

皇帝の顔を立てたわけで、これだけ盛大な歓待も筋書き通りと言える。

そうでなくとも、民衆の支持が高く、軍内部での人気も高い男だ。ヘタに怒らせて、本当に反乱を起こされでもしたら、ダメージは計り知れない。それこそ、ピサールの歴史が終わりかねず、機嫌をとる意味で、皇帝もこれほど盛大な式典を催しているのだろう。

それがわかっているだけに、ヤーニにしてみればまったくの茶番だった。

もちろん、自分の功績は事実であるにしても、このようなバカ騒ぎがしたいわけではない。

それでもヤーニは、粛々《しゅくしゅく》とした様子でさらに頭を下げた。

「もったいないお言葉でございます。すべては陛下の庇護《ひご》がありましてこそ。微力ではありますが、今後とも陛下と帝国のため、この身を捧《ささ》げる覚悟にございます」

型どおりの言葉だったが、再び万雷の拍手が湧き起こる。

「こたびのそなたの働きに対し、どのように報いてよいのかわからぬが――」

延々と続く皇帝の声を頭上に聞き流しながら、ヤーニはむっつりとした顔を隠すように、足元を見つめていた。

もうひたすら、いいかげん終わってくれ…、という心境だ。

しかしさらに、皇帝からのねぎらいの言葉とともに報奨が伝えられ、目録の授受があり、皇子たちや重臣たちから祝辞攻めにあい……いったんヤーニが解放されたのは、それから一時間ばかりもしてからだった。

「今宵の宴はそなたが主役だ。ヤーニ！　羽目を外して楽しむがよいぞ」

ありがたく、と頭を下げたものの、ヤーニとしては、「もう放《ほう》っておいてくれっ」と叫び出したいくらいだ。

広間での式典が終わると同時に、ヤーニはセサームの姿を探したが、あっという間に祝辞攻勢の波に呑みこまれてしまう。

足の不自由なセサームがいつまでも人混みの中にいるはずもなく、仕方なく一通りの挨拶を受けてから、ようやく私室へもどって旅装を解いた。

すぐにでもセサームの部屋を訪れたかったのだが、側仕えの者たちに、「とりあえず風呂《ふろ》へ」と追い立てられる。確かに、長旅のあとで身体は埃《ほこり》まみれになっていた。

それもそうか、と、はやる気持ちを抑えて身を清め、用意された衣装に身を通すと、すぐさま宴の席へと引っ張られた。

主役——と、ありがた迷惑に言われた通り、ヤーニの席は恐れ多くも皇帝のすぐ隣、真正面に設えられており、もう本当に勘弁してくれ…、と泣きたくなった。

とりあえず視線でセサームを探すと、さすがにふだん宴席に姿を見せることの少ないセサームも、この歴史的な戦勝祝いの席には出ざるを得なかったらしい。

皇帝のお気に入りであるセサームは、皇帝のすぐ側、少し下がった脇に腰を下ろしていた。

ヤーニからは反対側になり、少し距離がある。

せめて言葉を交わしに行きたいが、今日の立場ではヤーニが動くことは難しかった。

宴が始まり、歌舞が華やかに目の前で披露されている中でも、次々と盃《さかずき》を持って王族や貴族たち、重臣や将軍たちが祝辞を述べにくる。

が、足の不自由なセサームが自分の席を離れることはなく、

「失礼ながら、この場から、閣下のご武勲《ぶくん》をお祝い申し上げます」

と、盃を上げて丁重に——いくぶんよそよそしいほどに——祝ってくれたくらいだ。

宴の間、ヤーニの方は絶えずセサームの視線を捕まえようとしていたのだが、セサームは素っ気なく、

こちらを見ることもない。

愛想よく皇帝の言葉に耳を傾け、舞台で繰り広げられる趣向を楽しみ、めずらしくもこのような席に出ているため、やはり次々と挨拶に来る王族や重臣たちの相手をしていた。

うまい酒と料理と。華やかな音楽に、素晴らしい舞踊。酌をしてまわる美しい女たち。

しかし、ようやくセサームのもとに帰ってきて、この距離で、触れることもできない、まともに話すこともできない状況に、ヤーニは次第にいらだちを募らせてしまう。

せめて少しくらい、うれしそうな顔を見せてくれてもいいではないか——と、理不尽な憤《いきどお》りが湧いてくるくらいだ。

まあ、セサームの性格からして、人前でそんなふうに感情を露《あら》わにするのは嫌うのだろうが。

そしておそらく、怒っているだろうことも、理解はしていた。

「おお、そうじゃ、セサーム。そなたのカーヌーンの音が聞きたいものじゃな」

と、皇帝がセサームに所望してくれたことが、ヤーニにとってみれば、今日一番の褒美《ほうび》だった。

八十もある弦《げん》を爪弾《つまび》いて奏でる、琴のような楽器だ。

「いえ…、わたくしのつたない演奏などは。せっかくの宴席をしらけさせてしまうことにもなりかねません」

いったん辞退したセサームだったが、皇帝はさらに言い募った。

「何を申す。先日、月下の宴で披露したそちの演奏は素晴らしいものであったぞ。聞き逃したヤーニにも聞かせてやるがよい」

「ええ、それはぜひに」

ヤーニも強く要望する。

というか、自分のいない間に他の人間には聞かせてやったのか、と思うと、チッと腹立たしくなるくらいだ。

セサームは名手と言われているが、ほとんど聞く機会はなく――おそらくは優雅に弾いていられる時間もなく――ヤーニ自身、ほんの二、三度ほどしか耳にしたことはない。

よけいなことを、と言いたいのだろう。

セサームが軽くヤーニをにらみつけてきたが、そこまで言われては断り切れなかったようだ。

それでは、といくぶんためらいつつも、セサームは振り返って楽器の準備を申しつけた。

広間の中央に設えられた舞台上に、素早く楽器や椅子《いす》の用意がされる。

ゆっくりと舞台に上がったセサームは、杖を預け、用意されたカーヌーンの前にすわって、あらためて一礼する。

「あれ以来、触れておりませんので、お耳障りでしたらご容赦《ようしゃ》を」

と、断ってから、音程を確かめるように軽く弦を爪弾き、そしてそっと、一呼吸おいた。

広い宴席が、水を打ったように静まる。

やがて、舞うような優雅な腕の振りから、一気に弦がかき鳴らされた。

華やかに散った音に、おお…、と感嘆のため息がこぼれ落ちる。

壮麗に、華麗に、しかしめまぐるしく旋律の変わる激しい音色だった。以前に聞いた時は、もっとゆったりと優美なものだったが、曲によってずいぶんと印象が違うということらしい。

だが、高貴で神秘的な音色は同じだ。

大きく上体を揺らしながら、一心に楽器に向かう、美しく無垢《むく》な表情から目が離せなかった。

ドクッ…、と知らず身体の奥で熱が集まってくるような気がした。

起伏の激しい曲調と、セサームの激しく揺れる身体の動きが頭の中で重なり合い、シーツの上で快感にあえぐ時の姿を思い出してしまう。その息遣いや、表情まで。

余韻を残し、曲が終わった時には、まるで夢から覚めたようだった。

このような美しい音色を聞きながら、欲情してしまったことを少しばかり恥じる。

「ほう…、今宵の音は、またずいぶんと艶《あで》やかなものでございますな」

ちょうどヤーニに酒を注ぎに来ていた初老の重臣が感嘆したようにつぶやいた言葉に、心の中を見透かされたようでドキリとしてしまう。

盛大な拍手と賛辞が湧き起こり、ヤーニも思い出したように手を打って賞賛を示した。

セサームが静かに一礼して顔を上げた一瞬、視線が交わったような気がしたが、その感触もさらりとすり抜けていく。

と、一人の男が舞台のセサームに近づき、預かっていた杖をうやうやしく手渡している姿が目に入った。

さらにセサームが立ち上がるのを手をとって助け、手を貸したまま舞台を降りていく。

ヤーニはふっと眉をよせた。

側仕えというよりは、官吏のような身なりの男だった。
二十四、五歳というところか。

整った顔立ちだがどこか冷たく、人を寄せつけない雰囲気がある。

舞台の下で離れ際、セサームは優しげにその男の頰に指で触れ、微笑むようにして耳元で何かささやいた。

ずいぶんと親しげな様子だ。

実際に親しい間柄であっても、セサームが人前でそのような様子を見せることはめったになく、妙な違和感が胸に広がってくる。

何というか…、普通の側仕えの者たちへの態度、距離感とは違う。

——何者だ、あの男は…？

覚えのない顔だった。

セサームに仕える者たちであれば、側仕えでも、秘書官などの官吏たちでも、たいてい覚えているはずだが。

と、やはり見慣れぬセサームの様子にか、広間のそこここでもかすかなざわめきが広がっているのに気づいた。

多くは舞台から降りた二人を視線で追ったままで、隣の者と耳打ちし合うような。

しかしそんな空気にも気づかない様子で、自分の席にもどってきたセサームは、すわり直すこともないままに、皇帝へ詫《わ》びを口にした。

「申し訳ございませんが、わたくしはこれにて失礼を。少しばかり集中しすぎて、疲れたようでございます」

「では、私が部屋まで送ろう」

それを横で聞いていたヤーニは、勢い込むようにして口を挟んだ。

「いえ、本日の主賓である閣下にそのようなご足労をおかけするわけにはまいりません」

それにおっとりと微笑んで、セサームが返してくる。

わかっているくせに、意地が悪い。

ようやくまともに顔を合わせたとはいえ、ヤーニはぶすっとした顔で相手をにらんでしまう。

「いや、私も少し夜風に吹かれて酔いを覚ましたいのだ」

なかば強引に言い切ると、ヤーニは反論を待たず、すくっと席を立った。

どのみち皇帝にしてみれば、ヤーニがいようがいまいが関係はないのだ。むしろいない方が、気詰まりなく飲めるくらいだろう。

そのまま、なるべく騒ぎにならぬように座を離れると、ヤーニはセサームの脇に立って、歩調をそろえるようにして広間を抜け出した。

ようやく縮められた距離に、ヤーニはホッとし、同時に体中に何か甘い、こそばゆいような思いが満ちてくるのがわかる。

すぐ横にいる。

手を伸ばせば触れられるところに。

それだけでドキドキする。

まったく、三十もなかばを過ぎたいい年になって、この男の前だと十歳の子供の頃から、まったく変わらないように思える。

それでも、行き交う侍女や侍従たちが二人の姿に端へより、礼をとってくる間は、まっすぐに前を向いたまま、なんとか落ち着いた表情を保っていた。

「礼儀がなっていないな。おまえのための祝勝会だろう」

やはり前を向いたまま、セサームが相変わらず素っ気ない口調で言って、小さくため息をついてみせる。

数カ月ぶりに顔を合わせて、まともにかわした最初の言葉で叱《しか》られたわけだ。

ヤーニはそれに肩をすくめ、強いて淡々と返した。

「どうせ、陛下の宴の口実にされただけだからな」

セサームがそれに吐息で笑う。

何かが通じ合ったようで、急にたまらなくなって、ヤーニはとっさに空いていたセサームの片手をつかんだ。

ぎゅっと強く握りしめる。

セサームは振り払うことなく、その手を預けてきた。

身体の内にこみ上げてくるものを抑えながら、にぎやかな空間を通り過ぎる。そして中庭に面した回廊へ出て、夜のすがすがしい空気をいっぱいに吸いこんだ。

ようやく人影が途絶える。

「セサーム…」

ヤーニは振り返ると同時に手を引き、男の細い身体を強く抱きしめた。

小さな声とともに、わずかにバランスを崩したセサームの手から杖が離れて、カラン…、と乾いた音があたりに響く。

しかしヤーニはかまわず、その身体をしっかりと抱え直した。

「ヤーン、このようなところで」

いくぶんセサームがあらがったが、そのまま壁際に追いつめるようにして、ヤーニは腕の中にその感触を確かめた。

ヤーン――と、帝国宰相にもなった今の自分を愛称で呼べるのは、セサームくらいだ。

そのやわらかな声に、心が震える。

「帰ってきた」

深く息を吸いこんで、つぶやくように言い、ようやくヤーニ自身、それを実感する。

腕の中に、大切な存在を確かめて。

「ああ…」

ため息のように答えたセサームの指が、そっとヤーニのうなじを撫でる。

わずかに顔を上げ、間近から確かめるように目の前の男を見つめると、セサームが静かに微笑んでくれた。

うなずくように、一度、瞬《まばた》きをする。

「無事で何よりだ。テトワーンも見つかったのだな。里にいた暗殺者たちはすべて討伐したと聞いたが」

しかしすぐに事務的に聞かれ、ヤーニは名残惜しく身体を離しながらも、うなずいた。

セサームには、公式な報告以外に、きっちりと話をしておかなければならないとは思っていた。

「ああ。……だが実は、シャルクの長老を捕らえている。ハシールという男だ。先代と違って正統派のようだな」

山の長老《シャイフ・アル・ジャバル》——と呼ばれる、シャルク代々の指導者だ。

「なに…？」

わずかに声を潜めるように言ったヤーニの言葉に、セサームの表情が険しく引き締まった。

「そのような重大な報告は、私のもとには来ていなかったが」

とまどったように口にしたセサームに、ヤーニはあっさりと言った。

「伏せているからな。ごく一部の者しか知らん。へタに長老を捕らえたと触れまわって、残党どもに付け狙われても面倒だ」

そんな言葉に、ああ…、とセサームがうなずく。

「確かにそうだな。……連行しているのか？　ラマ・ガハルに？」

「ああ。密かに尋問して、必要なことを聞き出したあと処刑する」

「公表せずにか？」

「あえてする意味はあるまい？　危険を増やすだけだ。テトワーンとともに死んだものと処理しても同じことだからな」

シャルクに対する示威行為にはなるが、テトワーンが陥落した今、それをしても大きな意味はない。

ふむ…、とセサームがうなずく。

「先代の長老とは意見が合わず、反目していた男だろう？　その死を聞いて、すぐに名乗りを上げたというわけか…」

わずかに首をかしげて確認したセサームに、ヤーニがうなずく。

「そのようだ。先代の失敗のあとだけに、反対はなかったのだろうな。テトワーンの陥落を覚悟して自害した暗殺者も多いが、どうやら今の長老はそこまでの覚悟がなかったようだ」

ヤーニはいくぶん皮肉めいた笑みを浮かべる。

「ただ里に残っていたのは子供と、神官がほとんどだ。実行部隊である暗殺者たちは大半が出払っていたようだからな」

「まあ…、そうだろうな」

わずかに考えるように口元に手をやり、セサームもうなずいた。

「これでは、テトワーンを攻め落としても何もならん。暗殺者たちを散らばらせただけだ」

拳《こぶし》を握り、苦々しくうめいたヤーニに、セサームがゆるりと首を振る。

「そんなことはない。やつらの帰る場所をなくしたことは大きい。これ以上、新しい暗殺者を生み出すことが難しくなったわけだし、統率する者がいなくなったのだからな。あとは気長に残党を狩っていけばいい。シャルク・アームジーの歴史は、間違いなくおまえが終わらせたのだから」

「ああ…」

冷静な、そして気遣いを感じる言葉に、ヤーニも肩で息をつく。

「長老を尋問して、ヤツらの隠れ家がわかれば、残党どもも捕らえやすくなるだろう」

ふむ、とうなずいてから、ふと、セサームが視線を上げた。

「私も取り調べてみたいが？」

「長老をか？」

ヤーニは少しばかりとまどって聞き返す。

「やつらの活動をできるだけ分析したい。シャルクに協力している者たちや、暗殺を依頼した者の存在も浮かび上がるだろう。それに薬学の分野では、独自の成果があるようだからな。利用できぬものでもあるまい」

セサームらしい研究熱心さだ。

「ならば、テトワーンから膨大な資料を押収してきているが」

思い出して、ヤーニは言った。

「私のもとへまわしてもらってよいか？　調べてみたい」

「いいだろう。手配しておく」

ほとんど洗いざらい、里にあったものは持ち帰っている。玉石混淆《こんこう》だろうが、向こうで仕分ける時間もなかったのだ。

ヤーニとしても、いずれ適当な部署に指示して整理させるつもりではあったが、セサームがやってくれるというのならありがたいくらいだ。

「だがやはり、長老に説明してもらう必要が出てくるだろうからな。牢に入っているのなら、私が尋問しても危険はないだろう?」

「そうだな…。かまわないが、その時は必ず兵をつけろ。まあ、死にきれなかった男だ。命を長らえるためならしゃべるかもしれんな」

うなずいてから、いくぶん厳しい眼差しを突きつけた。

「何にしても、油断はするな。やつらも里を失ったことで自棄《やけ》になっているだろう。報復のためにおまえを狙ってくる危険がある」

「それはおまえこそだろうが。直接、テトワーンを落としたのはおまえなのだからな」

まともににらむようにして言い返され、ヤーニは軽く肩をすくめてみせる。


そのことで、ずっとセサームが怒っているのはわかっていた。

ヤーニは、自分がテトワーン攻撃の先頭に立つことで、シャルクの目を——暗殺の標的を、自分へと向けさせたのだ。

ヤーニにしてみれば、いつセサームが襲われるかの心配をするより、自分が付け狙われた方がよほど気は楽だった。

ただでさえ足の不自由なセサームと違い、自分は軍人でもあるのだ。自分の身くらい、自分で守れなければどうしようもない。

だがもちろん、セサームとしては、そういう問題ではない、と言いたいのだろう。

ヤーニはわずかに天を仰ぐように、大きく息をついた。

セサームを相手に、涙ながらの再会を期待していたわけではない。

それでももう少し、優しい言葉をもらえるかとは思っていた。

この男のため、と恩に着せるつもりはない。結局は自分の我儘《わがまま》だと、わかっている。自分がそうしたかっただけだ。

ヤーニの今回の遠征に最後まで反対していたのは、セサームだったのだから。

――それでも。

「セサーム。数カ月ぶりにおまえの顔を見て、このようににらみ合いたいわけではない」

押し出すように言ったヤーニの苦しげな言葉に、セサームがわずかに視線を逸らした。

何気ないように前髪をかき上げ、小さく吐息して、あらためて向き直る。

「……そうだな。ともあれ、無事に帰ってきてくれたことはうれしいよ。怪我《けが》はないのか？」

穏やかに聞かれ、少しホッとして、ヤーニは首を振った。

「ああ。かすり傷程度だ。……それにしても、いったいいつまでこんなバカ騒ぎにつきあわねばならんのだ」

やれやれ…、と、遠く宴の喧騒が聞こえてくる背後をちらりと振り返り、愚痴のような言葉が口をついて出る。

本当ならば、今頃はセサームと部屋でふたりきりになっていていいはずだったが。

それにセサームが苦笑した。

「そう言うな。皇帝陛下としては、せめてもの心づくしのつもりなのだろう。おまえを疑って、反逆の罪を着せようとした負い目もあることだしな」

そしてどこか人の悪い笑みで、付け加える。

「陛下にしてみれば、おまえの人気が上がりすぎるのも痛し痒《かゆ》しなのだろうが、今回ばかりは仕方あるまい」

「本当にねぎらう気持ちがあるのなら、ひと月ばかり休暇をもらいたいところだがな」

「宰相という身分でありながら戦地へ赴き、兵士たちの先頭に立ったのはおまえの身勝手だろう。その間、山のように仕事がたまっているはずだ。それをほったらかして、ひと月も休みが取れるはずはあるまい」

ピシャリと言われ、ヤーニは肩をすくめる。

わかってはいた。

もともと遠征を決めた時には、二、三カ月で片をつけるつもりだった。しかし、自分に謀反の疑いがかけられたり何だりで、結局半年ほどもかかってしまったのだ。

遠征前に、仕事もできるだけ前倒しで進めてはいたが、すでにその余力は食い尽くし、かなりの遅れが出ているはずだった。

他にどうしようもなく、セサームにまわされた仕事も多いのだろう。ヤーニがいない間、代行ができるとしたらセサームしかいない。

つまり、仕事が追いつくまで、夜の方はお預けだ――、ということを暗に言いたいのだろうか？

許しを待つくらいの自制心はあるつもりだが、やはり落胆はある。

「セサーム…、キスだけ、許してはくれないか？　せめてもの褒美として」

知らず、そんな言葉がこぼれ落ちる。

わずかに目を見開いたセサームが、ふっと口元で微笑んだ。

与えられるように、軽く持ち上げられた手をうやうやしく握り、ヤーニはその表情を見つめながらそっと身体を寄せる。

少しだけ身を屈《かが》め、確かめるように顔を近づけると、セサームがするりと手を引いて、その指がとどめるようにヤーニの頬に触れた。

ハッと、小さく息を呑む。

「少し痩《や》せたぞ」

ささやくような声で言われ、ヤーニは少しとまどって瞬きする。

それでも落ち着いて答えた。

「引き締まったと言ってくれ。ひさしぶりに執務室を離れ、野外で動いたのだからな」

キスも、許してくれないのだろうか？

ふっと心配になった次の瞬間――。

ふわり、と頬を風が撫でたと思ったら、唇にやわらかい感触が当たっていた。


え？　と一瞬、あせったが、ようやくセサームからキスしてくれたのだとわかる。

かすかな香の匂《にお》いと、髪の感触。

すぐに離れていこうとしたその熱を、ヤーニはとっさに引きよせた。

「――んっ…っ…、あ…、……ヤーン…っ」

小さなあえぎが耳をかすめる。

しかし何も考えられず、ただ本能が望むままにヤーニは相手の唇を激しく奪う。

無意識に片手でセサームの頬を押さえこみ、深く唇を重ねた。そのまま舌をねじこみ、相手の舌を絡《から》めとって、やわらかな、甘い感触を味わう。

腕の中で一瞬あらがった身体は、しかしすぐに力を抜き、ヤーニのするがままに任せてきた。

セサームの両手がすがるようにヤーニの肩にかかり、わずかに強く引きよせられたのがわかる。

その感触がうれしかった。

角度を変え、何度も求めて……、セサームの息遣いが苦しげなのにようやく気づく。

名残惜しく、唇を離した。

少し照れているのだろうか。

月明かりの下で、わずかに顔を背けた横顔が美しかった。

「セサーム…」

所在なげな片手を引きよせて、ヤーニはその甲に、指先にそっと口づけた。

この男から与えてくれたキスに、舞い上がってしまう。

いい年をした男が、と思うが、本当にめったにないことなのだ。

セサームは壁に背を預けたまま、もう片方の手でわずかに強くヤーニの顔を突き放した。


「もうもどれ。おまえのための宴だ。長く席を離れるものではない」

淡々とした、いつもの冷静な声だ。

「いや、部屋までは送ろう。何かあっては困る。王宮の中とはいえ、な」

かつて、セサームはこの大宮殿の中でも襲われたことがあるのだ。

あの時に入りこんでいたシャルクは、すべてあぶり出して捕らえたはずだったが、また新たに侵入していないとも限らないし、嫌疑をすり抜けた者が残っているかもしれない。

「警備の兵もいる。あのあと、おまえが配備したのだろう？　心配はない」

「しかし――」

あっさりと言われ、それでも食い下がろうとしたヤーニだったが、ふいに背中から男の声が耳に届い

「誰だ？」

胡散臭《うさんくさ》い思いを隠すこともせず、ヤーニは低く尋ねた。

「ああ…、おまえは初めてだったかな。ナナミという。ナナミ・セルシア・ダール。私の新しい秘書官だよ」

「秘書官…？」

何気ないように紹介され、ヤーニはわずかに眉をよせた。

セサームの仕事であれば、常に何人もの秘書官を抱えている。長く勤めている者が多いが、毎年何人かは入れ替わってもいた。

結局は有能な者が残っていくのだ。

が、同時に、有能な者を見定めて、あえて必要な、別の部署に就けることもある。

「身元は確かなのか？」


た。

「ヤーニ様」

いつから近くにいたのだろうか。

わずかに全身を緊張させ、ハッと振り返ると、男が一人、静かに立っていた。

影になって顔がよく見えなかったが、途中でセサームが落とした杖を拾い上げ、少しばかり近づいてきたところで、月明かりにその顔がくっきりと照らされる。

あっ、と思った。

さっきの男だ。演奏のあと、セサームについていた――。

「シリィ」

親しげに呼びかけたセサームの声に、ヤーニは反射的にムッとし、男を値踏みするように眺めてしまう。

だが、シャルクの息がかかっていないとも限らない。

疑い深く、ぶしつけに確認したヤーニに、セサームが、くっ…と喉を鳴らした。

「ナナミは私の従兄弟《いとこ》だよ」

「従兄弟…!?」

あっさりと言われて、ヤーニは思わず目を見張ってしまった。

言われてみれば、涼やかな目元のあたりなどは少し似ているような気もするが……しかし。

この長いつきあいで、セサームの親族になど初めて会った。

「おまえが呼びよせたのか?」

いくぶんとまどって、ヤーニは尋ねた。

高位の執政官ともなると、兄弟や親戚《しんせき》などの身内を呼びよせ、それなりの地位に就けてやることは、ままある。ある種の特権であり、褒められたことではないが、その者があまりに無能で政務に差し障るとか、品性に問題があるとか、あるいは度を過ぎた贔屓《ひいき》があるとかということでなければ、そこそこ大目には見られていた。

だが今まで、セサームが自分の身内を重用するようなことはなかった。ヤーニにしてもそうだが、せいぜい地方の下級官吏の職を世話してやるくらいのことだ。

側仕えや侍従などであればまだしも、執政官や執務官となると、それなりの能力は必要となる。とりわけ、ピサールの政治の中枢となる大宮殿にあっては。

しかしセサームはどこか楽しげに微笑んで、ゆるりと首をふった。

「いや。シリィは自分でここまで来たのだよ。僧院を出て地方の下級官吏から勤め上げ、この内宮まで実力で上がってきた。私の力など借りずともね。実際、ここで顔を合わせるまで、シリィのことはまったく知らなかったくらいだ」

そんな言葉に、ほう…、とヤーニは思わずうなっていた。

ヤーニやセサームのように中央の僧院《バーグ・ジブリール》を出た者は、仕える主《あるじ》を得て当初から大宮殿で務めることが多いが、地方の僧院の出身であれば、基本的に地方官僚のもとで働くことになる。そこから稀《まれ》に、功績や推薦によって大宮殿へ移ってくることがあるくらいだ。まずは外宮に、そこからさらに政治の中枢である内宮へ上がるには、よほどの実力と才覚が必要となる。

身内を頼らず、自分の力でここまで来たのだとすれば、確かに能力はあるのだろう。

そのナナミという男が、ヤーニの前で丁重に礼をとる。

まっすぐに向けられた眼差しに、一瞬、背筋がゾクリとした。

――なんだ…？

と、妙な違和感にとまどってしまう。

「宰相閣下におかれましては、無事のご帰還、何よりでございました。このたびのご武勲、まことにおめでとうございます」

隙《すき》のない挨拶は、どこか小憎たらしい気がしつつもケチをつけるところはなく、ヤーニとしては、あ、とうなずいて返すしかない。

「シリィはとてもよくできる子でね。私のもとへ来てまだ三カ月ほどだが、あっという間に仕事を覚えてしまったよ。おまえが残していった仕事も、ずいぶんと手伝ってもらっている」

いくぶん意地悪く、すました調子でセサームに言われ、ヤーニはむっつりとうなった。

「ほう…、それは世話をかけた」

それにナナミが慇懃《いんぎん》に頭を下げる。

「私などはまだまだ力が足りませんが、セサーム様にいろいろとご教授いただきましたので。仕事のみならず、宮中での作法や他の…、お側で長くお仕えするに必要なことを教えていただいております」

ナナミがまっすぐにヤーニを見つめて、淡々と口にした。

「何…？」

さらりと何気ない口調だったが、どこか意味ありげに感じ、ヤーニは思わず眉をよせる。

側で長く仕えるのに必要なこと――というのが、どういう意味で言っているのか。

長く仕えるつもりでいる――仕えられる、と思っているあたりもおこがましいが。

セサームの側にいるためには、それなりの能力以上のものが求められるはずである。

身内というだけでそれができると思っているのなら、甘いとしか言いようがない。

「宰相閣下がご不在の間、セサーム様もずいぶんと淋《さび》しい思いをされておいででしたが、幸い私にも夜の話し相手くらいは務めることができましたようで、ヤーニ様の代わりが務められましたことは光栄でございました」

しかしさらに重ねて言われ、いかにも挑戦的なその眼差しを、セサームは反射的ににらみつけた。

「きさま…」

知らず小さく声がこぼれる。

ふだん、仕事で馴染んだ者たちでさえ、ヤーニににらまれると視線を逸らすものだが、ナナミが顔を伏せることはなかった。

さりげない言葉のようだが、夜の、とわざわざつけたところに、男の意図を感じる。

しかも、自分の代わりに、と言ったのだ。

とっさに問いただすようにセサームを見下ろしたが、セサームは曖昧に微笑んだだけで、するりと腕を伸ばした。

ヤーニにではなく、ナナミに、だ。

ナナミが一礼して手にしていた杖を差し出すと、セサームがそれを受けとって身体を支える。

「そうだね…、シリィにはずいぶんと無聊《ぶりょう》を慰めてもらったかな」

ゆっくりとナナミの方へ足を進めながら、セサームがあっさりと言った。

さすがにムッとしたが、セサームの、人が悪いのはわかっている。

自分を妬《や》かせたいだけ、からかいたいだけ、あるいは今回の件について、ちょっとした罰を与えたいだけ、なのかもしれない。

ここで感情的になるのは思うツボだし、若い男相手に嫉妬しているようで見苦しい。

セサームが自分の留守中に別の男を引っ張りこむなどということは、もちろん、考えてもいなかった。

それでも無意識に腕を組み、ナナミに向き直って、ヤーニは余裕をみせるように口を開いた。

「セサームを淋しがらせたとしたら、私の非であろうな。だがセサームを相手に、おまえでは代われぬこともある」

他の誰にも代えられぬ存在だと――そう思ってもいいはずだ。

強いて平然と、と同時に、少しばかり威圧するように言ったヤーニに、ナナミは小さく微笑むようにして返した。

「もちろん、そうでございましょう」

わずかにうなずくように目礼して。

ヤーニは内心で短く舌を打った。

……生意気な。

だが仮にも宰相という身分にある人間に対して、いい度胸だ、とは思う。

それは、それだけセサームに対して本気なのだということだろうか？

少し、心がざわつく。

自分を――帝国宰相を敵にまわしても？

むろん、セサームに対して憧憬《しょうけい》を抱く者は多く、それが高じて激しい思いに変わる者も、かつていなかったわけではない。が、たいていはそこへ行く前に、セサーム自身が察して遠ざけていたはずだ。

やはり身内ということで気を許しているのか、あるいはそれだけこの男の能力を買っているのか。

「ヤーニ様と私では立場も違いますから。私はセサーム様に手ほどきを受ける身でございます」

「なに…」

しかしさらりと言われた言葉に、ヤーニは思わず絶句した。

つまり、セサームはナナミのことは抱いている、と。

そう言いたいのだろうか。

ヤーニとはそういう立場が違うので、問題はない、と？

「セサーム…！」

一気に余裕をなくし、ヤーニは確かめるようにセサームの顔を見つめた。

「シリィ…、宰相閣下をあまり驚かすものではないよ」

それに苦笑するように、セサームがやわらかくいさめる。

申し訳ございません、とナナミが軽く頭を下げた。

その馴れ合った感じが、ヤーニの心の中をさらに揺さぶってくる。

それはもちろん、従兄弟同士であればその程度の親しさはあるのかもしれないが。

二十年以上ものつきあいで、セサームとの絆《きずな》は揺るぎのないものだと思っている。

親友、同志としても——恋人としても。

しかしその中にいきなり踏み込まれたような違和感、不快感が身体の中に広がっていた。

何より、セサーム自身がそれを許しているような雰囲気にとまどってしまう。

呆然《ぼうぜん》と立ち尽くしたヤーニに、ナナミがあらためて向き直った。

「ヤーニ様、今宵はめでたい戦勝祝いの宴。ヤーニ様には気兼ねなく勝利の美酒をお楽しみくださいますよう。どうか、セサーム様のことはわたくしにお任せくださいませ。間違いなくお部屋までお送りいたしますので」

万事わかっている、とでも言いたげなその微笑みがひどく挑戦的に思えて、ヤーニはムッと男の顔をにらみ返す。

年も立場も違う相手に対して大人げないと思うが、どうにもいけ好かない。

おまえなどに任せられるかっ、と言い返してやりたいところだが、セサームの従兄弟となると、さすがにそれもためらわれる。

「ああ、そうそう…、宗教法の解釈について、おまえに二、三、確認しておいてもらいたいところもあるからね」

思い出したように、セサームもナナミに向き直って何気ないように口にする。

セサームにもそう言われてしまった以上、強硬についで行くこともできなかった。

「では…、気をつけてな。おやすみ、セサーム」

グッ、と拳を握り、小さく息を吸いこむようにしてなんとか感情を押し殺すと、低くそれだけを口にした。

「おやすみ、ヤーン」

静かに言って背を向けたセサームの後ろ姿を、ヤーニはしばらく見つめてしまった。

そして、一礼して、そのあとに続くナナミという男を、無意識ににらんでしまう。

従兄弟……だと？

だがそれも、怪しい気がした。

なにしろ、セサームは十歳の時から僧院で暮らしているのだ。……自分と同じく。


都から遠く離れた辺境に故郷のあるヤーニとは違い、実家が都にあったセサームも、帰省するのはせいぜい年に一、二度だった。親戚づきあいなど、ほとんどなかっただろう。

そして大宮殿《ラマ・ガハル》に来てからは、常に仕事に忙殺されていた。親戚の顔など、きちんと覚えるほど会える機会があったとは思えない。

ヤーニ自身、何人かいるはずの従兄弟の顔など、まともに知らなかった。宰相を拝命し、一度だけ故郷の地へ帰ったことがあって、その時に初めて会った者も多い。

……もちろん、セサームが人物を見極めて秘書官に取り立てたのだろうから、その判断にケチをつけるつもりはないが――。

セサームの姿が見えなくなり、あきらめてヤーニは宴席へともどった。

待ち構えていたように、貴族たちが酒を持って祝辞にくる。

相手をするのもめんどくさく、楽しむ気分でもなかったが、さすがに礼儀はある。なんと言っても、自分のために祝ってくれているのだから。

結局、そのあとのヤーニは、憂さを晴らすかのように、勧められるままに酒をあおってしまった。

「ヤーニ様…、大丈夫でございますか？」

側近であり、ヤーニの秘書官でもあるマンスールにふらつく身体を支えられ、明け方近くになってようやく部屋にもどってくると、そのまま倒れこむように布団に入る。

翌朝――いや、昼過ぎになって目覚めた時には、地獄のように頭が痛かった。

3

「……おかげんはいかがでございますか、ヤーニ様？」

昼を過ぎて、とりあえず寝床からは這《は》い出したものの、青白い顔でカウチに横たわっていたヤーニに、マンスールが心配げに声をかけてくる。

「ああ…、大丈夫だ」

ようやくその存在に気づき、ヤーニはのろのろと重い上体を持ち上げた。

「珈琲をお持ちいたしましょうか？」

側仕えの少年におずおずと聞かれ、頼む、とヤーニはうめくように返す。

「ゆうべは…、いや、今朝の話か…、面倒をかけたな」

思い出して詫びると、いいえ、とマンスールが首を振った。

「けれど、おめずらしいですね。あのように痛飲されるのは」

ちょっと首をかしげて言われたが、ヤーニは特にそれには答えなかった。

ただゆうべの――セサームとのこと、というよりナナミという男のことを思い出すと、知らず表情が険しくなってしまう。そのせいか、ズキリ、とさらに頭の芯《しん》が痛む。

「ヤーニ様？」

「ああ…、いや。何でもない」

誰かに当たるようなことではなく、ヤーニは軽く手を振った。

そこへ珈琲が運ばれてきて、その香気に少し、気持ちが緩んだ。

「マンスール、おまえもどうだ？」

「いえ、とんでもございません」

何気なく誘うと、マンスールがいくぶんあわてたように遠慮する。

「かまわぬ。すわって話してくれ。今朝は頭の上から声が響くのもつらいからな」

それだけでなく、少しばかり長い話になりそうな気がしたのだ。

顎で向かいのソファを指して指示すると、「それでは失礼いたします」といくぶんためらいつつも腰を下ろした。

マンスールはヤーニの秘書官の一人だが、専門的な政策に関わるというよりも、もっと総括的に全体をとり仕切っている。

宰相であり、軍総師でもあるヤーニの仕事は多岐《たき》にわたっているので、それぞれの分野によって、専門の秘書官をおいていた。

マンスールにはそれらの秘書官の間を取り持ってもらったり、ヤーニの私的な部分を含め、儀式的なことや、つきあいの部分など、生活全般の調整をしてもらっているのだ。身のまわりのこと、全体のスケジューリングというのか。

運ばれた珈琲に口をつけ、マンスールが無意識に顔をほころばせた。

実際に、かなり質のよい豆だ。さすがに一国の宰相ともなれば、珈琲くらい贅沢をさせてもらっている。

そして、あ、と我に返ったようにマンスールが居住まいを正した。

「まず、本日の祝賀会でございますが……」

そう口火を切ってから、うかがうようにヤーニを見上げてくる。

案の定、なのだろう、ヤーニは反射的に顔をしかめてしまった。

「陛下には欠席の届けを」

そして手を振って、あっさりと返す。

「今日以降のすべての宴席を断ってくれ」

どうせ、セサームはゆうべの宴で義理は果たしたくらいの感覚だろうから、今夜以降の続きの宴に出席するとは思えない。ならば、無理をして自分が出る意味もない。

「よろしいのですか？」

ふだんから、ヤーニが宴席に出ることはほとんどなく、そうだろうな、という予想はしていたはずだが、それでも今回はヤーニのための宴だということもあってか、重ねて確認してくる。

「かまわん。どうせ俺はいてもいなくとも、同じだからな」

……とはいえ、自分の祝勝会であれば、顔を出さなければまずいだろうか。

「そうだな。冒頭の乾杯にだけ、出るようにしようか」

渋い顔で妥協したヤーニに、そのように、とマンスールがうなずいて、手元で書きとめた。

そのあたりのことは、もちろん皇帝とではなく、宴席を仕切る担当の者と打ち合わせるのだろう。

そして膝《ひざ》の上で手にしていた革の書類ケースを開くと、挟んでいた数通の手紙を取り出して示す。

「いくつか、鷹狩《たかが》りや夜会のご招待なども届いておりますが？」

「すべて断れ。しばらくはそれどころでもないだろう」

相手も聞かず、ヤーニは即座に指示する。

そうでなくとも、ふだんからこの手の誘いは多いわけだが、ことさら留意すべき相手であれば、マンスールの方で特に名前を挙げてくれる。

たとえば、親しくさせてもらっている皇太子などであれば、ヤーニも考えないわけにはいかない。

そして、思い出して口にした。

「……ああ。そういえば、兵たちに祝勝会を催してやらねばな」

当然ながら、皇帝や重臣たち、貴族たちが集まる公式な祝勝の宴に一般の兵士たちが加われるわけではない。

だが労をねぎらうのならば、彼らをこそ、だ。

「手配いたしますか？」

察して、マンスールがテキパキと尋ねてくる。

「ああ、頼む」

「外宮の広間か…、中庭を開放する形でよろしいでしょうか？」

わずかに首を傾けて考えながら、マンスールが口にする。

「そうだな。中庭であれば、多くの者が気兼ねなく楽しめるだろう。遠征に加わった者はもちろん、軍属で、当直に当たっている者以外であれば自由に参加してよい。一昼夜時間をみれば、皆が一度くらいは出られよう」

「では、皇帝陛下の許可をいただいて…、各部署には根回しをしておきましょう。いずれにしましても、陛下の催される一連の祝勝会が終わったあとになるかとは存じますが」

「そちらには俺も一度は顔を出すようにしよう」

「はい」

うなずいて、マンスールが手元で続けて書きとめた。

「それにしても、陛下はあのバカ騒ぎをどのくらい続けるつもりなのだ？」

思わず顔をしかめて、ヤーニは尋ねた。

「まだ始まったばかりでございますよ。いろいろと趣向を変え、場所を変え、招く客を変えて、夜会が続くようです。管弦の宴や、観劇の宴、昼間でしたら茶会、鷹狩りに馬術の競技、……そうそう、後宮のお妃《きさき》様方が主催される舞踊の宴と、ヤーニ様の功績を讃える叙事詩の朗読会の予定があったかと存じますが」

ヤーニはたまらず、天を仰いだ。

「……どうしても、絶対に必要なものだけ、教えてくれ」

わかりました、と含み笑いで、心得たようにマンスールがうなずいた。

そして顔を上げて、あらためて心配そうに尋ねてくる。

「本日の執務はどうされますか？　今日くらいは一日、お休みになってもよろしいかと存じますが。遠征から帰られたばかりですし」

「仕事はどれだけたまっている？」

ずるずると珈琲をすすり、片手で鈍く痛みの残る額を押さえながら、ヤーニはとりあえず聞き返した。

「どれだけ…、ですか」

それに愛想笑いのようなものを浮かべたマンスールの表情からして、相当なものなのだろう。

ヤーニは思わず嘆息してしまう。

「けれど、そこまで切迫しているものはないかと存じます。そのあたりはセサーム様が処理してくださっておりますから」

「セサームか…」

無意識に小さくつぶやくと同時に、ゆうべのことが脳裏に思い起こされた。


「マンスール、そういえば、おまえ、ナナミという男のことを知っているか？　セサームの新しい秘書官だそうだが」

無意識にカウチへまっすぐすわり直し、ヤーニはわずかに身を乗り出すようにして尋ねた。

あ、とマンスールが一瞬、ヤーニから視線を逸らすようにして、それでも、はい、とうなずいた。

コホン、と妙な咳払《せきばら》いをする。

「三カ月ほど前から、セサーム様がお側で使われておいでの方ですね」

「どのような男だ？」

間髪を入れず、ヤーニは問いただす。

「そうですね、とにかく頭のよい方で、仕事はおできになりますよ。手際もよろしいですし、新しい仕事の飲みこみも早くて」

少し考えるようにしながら、マンスールが答えた。

「こちらの…、内宮へ移ってこられてすぐにセサーム様が引き抜かれたようで、それだけ買っておられるのでしょう。ただその分、他の執務官たちからはやっかまれているようで、当たりが厳しいように聞いておりますが」

「ほう…、つまり、人間関係がうまくとれぬ男というわけだな」

背もたれに身体を預けながら、つい、アラを探すような言葉を吐いてしまう。

はぁ、といくぶんとまどったように、マンスールが目を瞬かせた。

「まあ、年上の、先輩の執務官に対してもズケズケとものを言いますし、ミスを指摘するのにもためらうところがありませんので、そういう意味では、多少、小うるさく思っている方もいらっしゃるでしょうね」

ふむ、とヤーニは顎を撫でた。

確かにゆうべの感触でも、気が強そうな感じはあった。

まだ内宮へ来て三カ月という新入りにいろいろと指図されるのでは、カチンとくる古参の官吏たちも多いのだろう。

「ただ、ナナミが使っている下級官吏たちの、彼への評価は高いですよ。何と言いますか、彼が文句を言っているのは、要するに仕事の手抜きが多かったり、部下への指示がいいかげんな執務官の方々に対してですから。難しい仕事を後回しにダラダラしていると、ナナミが横から仕事をかっさらって片付けてしまうようなこともありますし…、またそれを、手柄を横取りされたと怒る方がいらっしゃったり。まあ、有能な方には間違いないですね」

そう評してから、ふっとマンスールが楽しげな、思い出したような笑みを浮かべた。

「少し、……あ、いえ」

そしてその勢いのまま何かを言いかけて、あわてて口をつぐむ。

「何だ？」

さすがに気になって、じろりとにらむようにうながすと、ちょっと咳払いしてから、マンスールが上目遣いに小さく口にした。

「その、……ヤーニ様とも似たところがあるかな、と。いえ、姿形ということではなく、仕事のやり方ですが」

「俺と？　俺は人の仕事を横取りしたりしていないだろうが」

まったくの心外だったし、正直、あの男と似たところなど一つも見つけられない。

まるで違うと思う。

あれほど嫌みでも、慇懃無礼でもないつもりだ。

「それは、ヤーニ様が宰相になられたからですよ。以前はわりと、他人の仕事まで口を出されていましたよ」

あっさりと指摘され、そうだったか？　と首をひねったが、……まあ、昔はそんなこともあったのかもしれない。

マンスールはヤーニが今の地位になる前から、ヤーニの補佐についていたので、その時代のこともよく知っているのだ。

ヤーニにしても、別に人の仕事に口を出したいわけではないのだが、さっさと手放してくれないと、自分の方へしわ寄せがくる。自分だけならまだしも、以下、何十人もの官吏たちに、だ。

「上の人間からの風当たりは強く、下の者に慕われていらっしゃるあたりもですね」

小さく微笑むように言われて、ふん、とヤーニは鼻を鳴らした。

しかし、もしかして、セサームもそんなふうに似たところを感じて、あの男を引き立てているということなら、少しばかりくすぐったいような気もするのだが。

だがあの男と自分とでは、根本的に違う。

年も違うわけだが、……つまり、セサームを相手にした時、抱くか、抱かれるか、だ。

どちらにしても、譲るつもりはなかったが。

だが、もしかすると——。

ふっと、ヤーニは眉をよせた。

セサームはそちら側も楽しみたくなった、ということなのだろうか？

そんな考えが頭をよぎり、急に落ち着かない気持ちになった。

セサームは身体の欲求に対しては淡泊な方だと思っていたが、以前にはそういう相手がいたこともある。

あって不思議はない、のだ。

それでもそんな考えを振り払うように首を振り、ヤーニは続けて尋ねた。

「おまえは直接、話したことはあるのか？」

「ナナミとですか？　はい、それは。ヤーニ様がお留守の間、こちらの仕事の半分ほどはセサーム様が見ておられましたし、そのほとんどをナナミが担当していましたから。私もナナミとは打ち合わせや、確認作業が多くございました」

「親しいのか？」

ちょっと眉をよせて聞く。

あの男は、早くもマンスールを取り込んでいるのだろうか、と少しばかり不快になる。

「まだそこまでは。あちらも仕事に追われていらっしゃいますから、親しく個人的な話をするようなところまでは行きませんので」

穏やかに返され、なるほど、とうなずいた。

マンスールの人物評を疑うわけではないか、ヤーニにしても直接、確かめてみたいところだ。

何にしても、セサームの近くに疑わしい人間をおいておきたくはない。

「その…、セサーム様はずいぶんとナナミがお気に入りのようで、どこへ行くにも連れていらっしゃっているようですね」

ヤーニの様子をうかがいながら、おずおずとつけ足したマンスールの言葉に、むぅ…、とヤーニは知らず喉の奥でうなった。

「そうなのか？」

知らず、声が低くなる。

「ですので…、ご養子にされるおつもりではないか、と今、宮中では噂になっております」

「養子…？」

ヤーニはハッと目を見開いた。

ドキリ、と心臓が大きく打つ。

「はい。セサーム様はナナミを後継者候補とみているのではないかと。セサーム様にしても、ヤーニ様にしましても、そろそろきちんとお考えになってもいい頃でございましょうし」

確かに、あり得ない話ではない。従兄弟でもあるのだ。

いや、セサームが親戚というだけで後継者を選ぶとは思えないが、それに実力がともなっているのであれば、申し分ないだろう。

――後継者。

そう、常に、自分たちにはその問題がつきまとっていた。

尊師の称号を持つ以上、妻帯はできない。つまり、実子を得ることはない。……少なくとも、公式には。

その代わり、自分の後継者となる者を養子とし、育てなければならないのだ。

ヤーニにしても、前宰相の養子だった。

幸い、ヤーニの破天荒な、宮廷には不向きな性格を気に入ってくれた人だった。

いろんな意味で、自分は幸運だったのだろうと思う。

まわりの人間に恵まれていた。

セサームに出会えたこともだが、僧院での師や、大宮殿《ラマ・ガハル》に入ってからの師にも。

敵の多い中で、ヤーニの気質を理解して、認めてくれる人間がいた。

そうでなければ、おそらくは今頃、外宮の片隅で、上役に頭を押さえつけられて、鬱々《うつうつ》とつまらない仕事をさせられていたのだろう。

思い切って官僚を辞め、軍人に転向していたかもしれない。

責任のある立場になったのだ。

自分にしてもセサームにしても、きちんと若い才能を見いだし、理解し、育ててやることは義務だった。

次代のために。

だが、それは――。

その意味するところを心の中で重く思い返した時、急に思い出したように、マンスールが、あっ、と声を上げた。

「申し訳ありません。そういえば、イスハークという男がお目通りを願って、朝からずっと待っておりましたが」

マンスールの知らない男で、大丈夫なのか？　とうかがう様子だ。

「うん？　……ああ、通してくれ」

ハッと我に返り、ヤーニは指示した。

では、と席を立ったマンスールがいったん部屋を出て、ほどなくして一人の男をともなって帰ってきた。

念のため、離れたところで待たせていたようだ。

身長はヤーニよりわずかに高く、鍛えられた体つきや大柄な体格からしても、軍人であるのは疑えない。

が、どことなく、らしくない雰囲気も持っていた。

生真面目《まじめ》な印象はあるが、堅苦しさがない。しなやかな硬さというのか。

ずいぶんと待たされたはずだが、おはようございます、と落ち着いた様子で挨拶してきた男に、ヤーニは少しばかりバツの悪い顔を見せた。

「ああ…、おまえをほったらかしだったな。すまぬ、イクス」

「いえ。部屋と食事は用意していただいておりますので、何の問題もありません」

やはり特に感情をみせないままに、男が軽く頭を下げる。

「マンスール、この男はイスハーク・アル・アインという。俺の…、そうだな。この先、警護につく男だ」

その言葉に、マンスールが少し驚いたように、目を見開いた。

今まで、ヤーニが警護などという者をつけることがなかったからだろう。むしろ堅苦しく、嫌がっていたくらいだ。

ヤーニ自身、剣の腕はかなりよいので、その必要を感じなかったこともある。

それでも気を取り直したように、マンスールが男に向き直った。

「さようでしたか。失礼いたしました。マンスール・シェフリと申します」

「マンスールは私の筆頭秘書官だ。何か日常のことで問題があれば、この男に相談すればいい」

そんなヤーニの言葉に、イスハーク――イクスがきっちりと一礼した。

「よろしくお願いいたします、マンスール殿」

「いえ、どうか呼び捨てで。同い年くらいではありませんか?」

マンスールが気安い様子で微笑んだ。

実際に、どちらも二十四、五といったところだろうか。

ヤーニがイクスと初めて会ったのは、遠征先であるアリア＝タリクの辺境である。もともとは、シャルク討伐の協力を求めた、地方領主の抱えていた兵だった。

短めの黒髪で、そのあたりでは「狼《おおかみ》の目」と呼ばれる、少し変わった琥珀色《こはくいろ》の目をしている。

どうやら、母親が砂漠の遊牧民の出であるようだった。

夜目が利き、動物の扱いが上手く、何より剣の腕がよかった。

そのわりに主からはあまりよい扱いを受けておらず、ヤーニが目をとめて引き抜いたのである。

ヤーニとしては、都の、自分の麾下《きか》にある兵士たちでは、ヤーニの身分を慮《おもんぱか》ってまともな剣の相手になってくれないのが不満だったのだが、この男は「遠慮なくかかってこい」と言うと、きっちりとそれを真に受けて、相手になってくれる。そんなところも気に入っていた。

ただ剣の実力はあっても、この物慣れなさでは、軍に入れてもすぐには馴染めそうな気がせず、しばらく手元におくことにしたのである。

本当は、セサームの警護によいのではないか、と思っていたのだ。

ただ、イクスの無骨さは、信頼はできるのだが、セサームとしてはいささか堅苦しがるかもしれない。

まあ、いずれにしても――。

「イクス、基本的におまえの仕事は俺の警護ということになるが、しばらくはこの大宮殿での生活や雰囲気に慣れてくれ。建物や、それぞれの位置を頭に入れてな。奥宮には立ち入れぬが、それ以外には自由に出入りできるよう…、マンスール、通行証を渡してくれ」

「わかりました」

マンスールが一つうなずく。

そしてざっとイクスを頭から足先まで眺め、わずかに首をひねるようにしてつけ足した。

「服や靴も…、新しくご用意した方がよろしいですね」

イクスの身につけている相当にくたびれた服は、軍服ではあるが、帝国軍の正規のものではない。以前に使っていたそのままなのだ。

さすがにそのあたりは、マンスールの方が気がつくようだ。

ヤーニ自身は、そういう埃っぽい兵士たちの間にしばらく交じっていたので、あまり気にはならなかったのだが。

しかし、仮にも宰相付きの警護であれば、それほどみっともない格好でいるわけにもいかないだろう。

頼む、とうなずいたのを受けて、では、とマンスールが一礼した。

「ああ、それと」

あ、と思い出して、ヤーニは立ち去ろうとしたマンスールを呼び止める。

「さっきの…、ナナミについて、少し調べてみてくれ。経歴や、そう、外宮での働きや人間関係などもな」

そんな指示に、マンスールは二、三度、目を瞬かせたが、少し含むように微笑んで、承りました、と一礼する。

マンスールからすると、セサームの近くにいる人間が気になるのだろう、くらいの感覚があるのかもしれなかったが、ヤーニにしてみれば、もっと重要な問題だった。

「ヤーニ様は本日、いかがされますか？　一日、こちらで休まれますでしょうか？」

そして思い出したように確認してくる。

「そうだな…」

少しばかり考えこんだ。

落ち着いてセサームの顔を見たいと思うが、今は仕事中だろう。邪魔をしては怒られる。

訪ねるとすれば、夜だ。仕事が終わったあと。

……いつものように。

慣れた日常に、早くもどりたかった。

まさか、そんな時間まであの男に邪魔されないだろうな、と内心でうなり、……ふいに、そうだ、と思いついた。

「少し休んで…、午後からは世話になった各所にご挨拶にうかがおう」

それでも表面上は落ち着いた様子でそんなふうに口にすると、よろしいですね、とマンスールがうなずく。

「イクス、おまえもつきあってくれ。顔を見知っておいた方がよいところもあろう」

何気ない調子で声をかけると、はい、とイクスが淡々と返してくる。

二人が部屋を出てから、ヤーニは冷めた珈琲を一気に飲み干した。

――そうだ。あの人に頼めばいい。

頭の中に、一人の男の顔が浮かんでいた。

相手にするにはなかなか手強く、癖が強い。が、やはりその手のことは専門家に任せるのが一番だろう――。

◇　　　◇

十四歳の時。

あれは僧院でセサームが「師授の儀式」と呼ばれるものを受けたあとだった。

僧院で五年学べば、僧籍を得て、宮殿へ出仕する資格ができる。

それを前に、それまで集団で学んでいた子供たちが一人の師について専門的な教えを受けるのだ。

子供の方から師を選ぶことはできない。必ず、師の方からの指名になる。

有力な師を仰ぐことができれば、将来、後ろ盾となる有力な官僚に推薦してもらうことができる。

宮殿に入ると、その官僚を新たな師として仕事を学んでいくのだ。

そして一度、弟子となることが決まると、多くの場合は、生涯その師に仕えることになる。むろん、能力によっては、途中でさらに高位の官僚に引き抜かれることもあったが。

師となる官僚の下で一から仕事を学び、師とともに自分の地位も上げていくことが基本なので、誰のもとに推薦されるかは、子供たちの将来を左右する大きな岐路になる。

その前段階として、まずは僧院で誰に師事できるかというのが重要になってくるのだ。

同時に師の方でも、なるべく才能のある弟子をとりたいと考えている。

優秀な子供を送りこむことができれば、その官僚の覚えもめでたくなり、いろんな便宜を図ってもらうことができる。また将来、その子供が高い地位に就くことになれば、かつての師への見返りも大きいわけだ。

この僧院の教授陣にしても、大宮殿の高級官僚にしても、すべて僧籍にある聖職者であり、妻帯は禁じられている。

そのため、弟子は師に心身ともに仕えることが求められた。

僧院でのこの「師授の儀式」は、誰が師と決まったかを個々に伝える儀式であり、同時に、「師より寝所での手ほどきを受ける」ということを意味している。

成績がよく、家柄もよく、さらに容姿も整っていたセサームは、教授陣の間でも取り合いだったのだろう。

ヤーニも、セサームとは競うほど成績はよかったが、僧院の中では変わり種であり、自分の意志を曲げることがなく、師に対する従順さという意味でも、あまり評価がなかったので、むしろ、押しつけ合われたのではないかと思う。

有り体に言えば、クソ生意気で、抱いて楽しい子供ではなかったわけだ。

十歳で僧院へ入ってから、ずっとセサームとは同室で。

ヤーニにとっては、自分を認めてくれる数少ない人間だった。

ともに成長し、将来を思い描いて。

親友、だった。

だがその思いはいつからか、もっと別のものへと変わっていた。

……いつか、自分たちにもその日が来ることはわかっていたはずだったが。

セサームが師となる教授に呼び出され、部屋に帰ってこなかった夜——ヤーニは眠れずに過ごした。

翌朝早く帰ってきたセサームに変わったところは見られなかったが、その姿を正視できなかった。

昨夜のことを想像しただけで、叫び出しそうだった。

「……おまえ、誰に抱かれた？」

ベッドの上でうずくまり、白いシーツを見つめたまま、ポツリとヤーニは尋ねた。

「ムサ・メイナ様に」

いつもと同じ、静かな声が返る。

クソッ…！　と、ほとんど反射的にヤーニは吐き出し、片手で壁を殴りつけていた。

「何を怒っているんだ？　ムサ様は立派なお方だ。師事するに足りる」

セサームは眉をひそめ、淡々と言ったが、相手が誰であっても同じだっただろう。

ムサ・メイナ師は僧院の院長であり、すでに初老と呼べる年の男だった。

そのため、ここ数年は弟子はとっていなかったはずだが、やはり教授陣の間でセサームの争奪戦が激しかったのだろうか。自分が引き取ることで、収めたのかもしれない。

それだけに、「儀式」も激しいものではなかったはずだ。寝所でのマナーや心構えを教えるだけのことか、せいぜい指で慣らすくらいだったのかもしれない。

あからさまな欲望の対象になり、いやらしく身体を撫でまわされたわけではないだろう、とは理解していても、やはり嫌だった。

「おまえが……好きだ」

たまらなくなって、ヤーニは思いを吐き出していた。

だがその気持ちを口にして、どうなるものでもなかったのだ。

その告白に、セサームは冷静にヤーニを見つめ返しただけだった。

わかっていたのかもしれない。

ヤーニの気持ちも、そして自分たちの未来も。

「だからどうしろと？　この期に及んで、二人で駆け落ちでもしてみるか？」

淡々と言い返され、ヤーニは愕然《がくぜん》と目を見開くしかなかった。

「おまえのことは好きだよ、ヤーン。だがおまえはこの国の宰相になるのだろう？　私も……どのような地位に就けるのかはわからないが、それなりのものを目指すつもりだ」

「だからどうしたっ？」

そんなことを聞きたいわけではなかった。

子供のようにわめいたヤーニに、セサームは静かに続けた。

「ならば、その先のことも考えなければ」

「その先？」

「おまえが宰相位についたとして、百年二百年と続けていけるわけではないだろう。後継を持たなければならない。おたがいにな」

その言葉にヤーニは無意識に視線を逸らし、唇を噛んだ。

後継者――つまり、養子を。

「おまえの知識と経験と能力のすべてを引き継がせるべき者を、おまえ自身が育てなければならない」

「だが……だが、それとは別だろう!?　おまえを愛したからといって、跡取りを育てられないものではない！」

ヤーニは必死に食い下がった。

にらむようにして言ったヤーニを、セサームは冷静に見つめ返してきた。

「情愛と友愛と慈愛と。愛情のすべてをもって育ててやることも必要だと思うが。私はそれほど器用な人間ではない。すべてを譲り渡すことができるほど愛する者は、一人で十分だ。一度に何人もを愛することはできないよ」

ただ静かなその眼差しに、ヤーニは言葉を継ぐことができなかった。

それほど真摯《しんし》に、セサームは自分の未来を見つめていたのだ。

だがヤーニは、そこまで達観はできなかった。

狂おしい思いが、体中から溢れ出しそうだった。

それでもこの場でセサームを押し倒してしまいそうになる自分を、必死に抑えた。

「私たちはこれからも同じ道をともに歩むだろう。おたがいの力を必要として。よき友として。それではダメなのか？」

卑怯《ひきょう》な、言い方だと思う。

セサームの言葉は、すべて正論だった。

ヤーニにしても、それを望んでいないわけではない。

ただそれとは別のものも、同時に望んでしまっただけで。

——だが。

「わかった…」

大きく息を吸いこんで、ヤーニはそう答えるしかなかった。

自分の思いは封印するしかない。

しかしその思いが変わるわけではないのだと、わかっていた。

「それでも俺は、ずっとおまえを見ている」

知らず、こんな言葉が口からすべり落ちた。

「ずっとおまえを愛している」

——と。

その言葉通り、それから二十年以上、ずっと側にいて、ともに支え合ってこの国の舵《かじ》を取ってきた。

自分の思いがセサームに届くなどという期待は、すでに消えていた。

だが、二年前。

いったいセサームの中でどんな変化があったのか、ヤーニにはわからない。

ただ、何かが変わったのだろう。

「抱いていいぞ。こんな身体でよければ」

本当にありふれた、ふだんと変わらない夜、いきなりそんな言葉をくれたのだ。

頭の中が真っ白になるような衝撃で、しばらくは身動きできなかったほどだ。

だがその僥倖《ぎょうこう》をふいにするほど、ヤーニも人間ができてはいなかった。

思いが通じた、というよりは、その思いを受け入れてくれたのだと思う。

二十年以上も――親兄弟よりも、深いつきあいだった。

だから、今さら、という気持ちも、少しはあった。今までの関係を崩してしまうことで、すべてを失ってしまうんじゃないか、という恐さも。

それでもやはり、すべてが欲しかった。

……あの身体を抱いたからといって、すべてを手に入れられるわけではないとわかっていたが。

だがセサームにとって自分との関係は、後継者となる養子を迎えるまでと、期限を区切ったものだったのだろうか？

そして皮肉にも、ヤーニが自ら討伐へ出たことで、セサームは「後継者」の問題を真剣に考え始めたのかもしれなかった。

ヤーニ自身、遠征前には、まわりの人間にはさんざん言われていたのだ。


『正式な後継者もないままに、このような形で宰相閣下が出征されるなど、万が一のことがあればどれだけの混乱を招くことになるか、おわかりでございましょう！』

自分もセサームも、今の地位にはかなり若くして就いた。

それだけに熱意を持って仕事に取り組んできて、後継者のことなどまだ先の話だと思っていた。

だが確かに、ふらふらと戦地に赴くようでは、ヤーニにしてもせめて後継者候補くらいは考えておかねばならない時に来ているのかもしれない。

『愛情のすべてをもって育ててやることも必要だと思う』

あの時、セサームはそう言っていた。

そして実際に、そのようにして手元においていた男もいた。

……その男は、セサームの思いを裏切ったわけだが。

だからしばらくは、セサームも新たな養子ということは考えていなかったように思っていた。

だが遅かれ早かれ、その時は来る。

ヤーニにとって、自分があとを継がせる養子を迎えたとしても、その存在は自分とセサームとの間に入るものではなかった。

単に仕事の上でのつながりというだけで。

ヤーニにとっては、まるで意味は違う。

だが、セサームにとってはそうではなかった。

すべての愛情を傾けて育てる。

そんな存在をセサームが見つけた時、自分は黙って身を引くことができるのだろうか——？

4

大宮殿《ラマ・ガハル》の中で、奥宮は王族の私的な居住区であり、その一角には後宮《ハーレム》もあるわけだが、それ以外の場所であれば、大宰相たるヤーニが立ち入れない場所はない。

だが突然姿を現すとなると、先方としてはたいていあわてふためくことになる。

この日の午後、ヤーニが訪れたのは内宮の奥まった一室だった。

ピサールの長い歴史とともに増築された大小の宮殿や建物、中庭が回廊でつながっている大宮殿だが、相当に外れた一棟である。

ヤーニとしては、宰相という多忙を極める職務の利便性のため、主要な部署はなるべく身近に集めている。

つまり、そこから離れているということは、さほど重きを置かれていない——と一般には思われている——役職である。

帝史編纂《へんさん》庁。

ピサールの皇家、また帝国の歴史をつぶさに記録し、後世に残しておく部署である。

一日中机に向かって文字を書いている地味な作業だと思われがちだが、実際には、業務の大半は聞き取り作業だった。

宮殿内の儀式や事件のみならず、帝国内の特筆すべき出来事を記録しておく必要があるため、直接関《かか》わった人間への聞き取りだけでなく、その経緯や、証言の信頼性などを確かめるために、現地に赴いてきっちりと調査するのである。

……もちろんそれは、ピサールにとって都合のよい「歴史」になることは否めないが。

そのため、ここの官吏たちのほとんどは、いつも帝国中に散らばっていた。

今も、室内に残っていたのは、ほんの四、五人ほどである。

「邪魔をする」

と、いきなり部屋に入っていったヤーニに、中にいた男たちが少しばかり驚いたように顔を上げた。

「これは…、宰相閣下」

とはいえ、その反応は比較的落ち着いている。

こんなところに遠征してくるまでに、ついでのように二、三カ所、視察がてらに執務室をのぞいてみたのだが、どこも前触れなく現れたヤーニに、跳び上がって茫然自失《ぼうぜんじしつ》となるくらいだったのだ。別に怠《なま》けているわけでなくとも、やはり緊張するのだろう。

「ヤーニ様の方からおいでとは、おめずらしいですね」

そんなふうに言いながらも、中にいた者たちがパラパラと立ち上がって礼をとってきた。

大宮殿では、官吏や侍従たち、奥宮の侍女たちを合わせると、数万の人間が働いている。

普通の下級官吏であれば、ヤーニが顔を合わせることもない者がほとんどだったが、この部署の人間は比較的見知っている。直接、報告を受けることもあるのだ。

非公式に、だったが。

「ああ、そのままでよい。仕事を続けてくれ。……いるか？」

顎で奥の扉を示すと、はい、と一人がうなずいて返す。

それに、ヤーニは並んだ机の間を突っ切って、まっすぐにそちらへ向かった。

後ろからは、わけもわからないまま、だろう、それでも特に表情は変えず、イクスがついてくる。

ヤーニがふだん、秘書官以外の者を連れ歩くことはなく、むしろ、ここの官吏たちの方がものめずらしげに彼を眺めていた。

ノックも何もなく、そのまま扉を開けて中へ入ると、執務机に向かっていた男が眉をよせて顔を上げる。

「あらあら…、これは、宰相閣下」

そしてヤーニの顔を認め、とぼけたような声をもらした。手にしていたペンを置き、顔の前に流れ落ちた長い髪を軽く後ろに払う。

だが、席を立つことはない。

普通ならば不敬に当たるところだが、ヤーニとしても慣れたものだった。

「ご無沙汰《ぶさた》しております、ガリド様」

とりあえず、丁重に挨拶する。

ガリド・アモーディー。

僧院を出て、十五で宮廷に出仕した時、ヤーニの最初の師であった男だ。

この男のもとで数年、ヤーニは仕事を覚え、頭角を現して、前宰相に見いだされた。むろん、前宰相が実力を見込んで手元においた者は何人もいたが、その中でヤーニは勝ち残った。そして養子に迎えられ、今の地位にいるわけである。

すでに身分という意味ではガリドを追い越しているわけだが、今でも親しく交流はあった。

私的にも公的にも――非公式にも。

否応《いやおう》なく、だ。

ガリドがすわったまま、机に両肘《ひじ》を立てて指を組み、ヤーニを見上げてきた。

「シャルク討伐の偉業を成し遂げられた不世出の軍総帥にして、誉れ高い宰相閣下におかれましては、長旅の疲れもなくご健勝のご様子で何より。それにしても、おいそがしい中、わざわざこのようなくすぶった場所に足をお運びいただけるとは、思ってもみなかった光栄ですこと」

にっこりと微笑んで、いかにも皮肉な口調だ。

それにヤーニも、スカした顔で返した。

「何をおっしゃいますか。私は常に儀礼を重んじておりますよ、ガリド様。師の恩を忘れたことはありません。ですからこうやって、帰国のご挨拶にうかがったのです」

やり手ではあるが、口が悪く、癖も強いガリド相手だと、一筋縄でいかないことはわかっている。腹を据《す》えてかからなければならない。

「我が庁としては、閣下の功績を歴史の一ページ…、どころでなく何ページにもわたって記述しなければならなくなりそうね。あなたのおかげでいそがしくなりそうだわ。まったくよけいな手間を増やしてくださること」

やれやれ…、と肩をすくめ、ガリドが立ち上がった。

いささか女性的な言葉遣いで、細身の体つきではあるが、実のところなかなかの手練《てだ》れでもある。とりわけ短剣の扱いが上手い。

それが仕事柄なのか、趣味なのかはわからなかったが。

この部署の、帝国史の編纂、という仕事は、実は表向きのものだった。

裏の仕事を知っている人間は、直接的にこの部署を監督している代々の宰相を始めごくわずかで、王族さえも知らない者がほとんどだ。

皇帝はもちろん、知っていなければならず、ここの長官が代替わりした際の儀礼的な挨拶があるはずだが、おそらく覚えてはいない。あるいは、他の部署と同様に、「役所の一つ」として聞き流しているのだろう。

むしろ、そのように代々の長官が曖昧にしているところもあるようで、本質的には宰相の下での直属機関になる。

裏の、そして実際の、この部署の仕事は、諜報《ちょうほう》活動だった。

歴史書の編纂のため、という口実で、帝国内のどこへでも飛び、話を聞き、情報を集める。

もちろん時と場合によっては、長期にわたって対象者の館《やかた》に潜入したり、商人や農民に身をやつして移動したりもする。

その多くの「耳」が集めた情報を集約し、反乱や不正の芽を見つけだす「頭脳」が、ガリドだった。

相当な変わり者ではあるが、頭は切れる。

「あなたのおかげで、あなたの師として私の名も歴史に刻まれるかしらね？」

ガリドが大きな執務机をまわり、おもしろそうに喉で笑う。

てきながら、ふふふ…、とおもしろそうにこちらに近づいてきながら、ふふふ…、と
「今の私があるのも、ガリド様のおかげと感謝していますよ。他の師についていたら、おそらく疎《うと》まれて、潰《つぶ》されていたでしょうからね」

それに、ヤーニはしみじみと言った。

本当にそう思うのだ。

出仕した当時の若かった頃は、自分の思うまま、信じるままにやってきた。……まあ、今もそのスタンスはさほど変わらないが。

あの頃はさらに我を通す部分も、突拍子もないやり方を提案することも多かったと思う。

他人を蹴落《けお》としたいと思ったことはないが、結果的にそうなった状況もあった。

「どうかしらね？　あなたなら、石にかじりついても這い上がってきたでしょうよ。当時から、自信家だったもの」

前に立ったガリドが唇で笑い、片手でペチペチとヤーニの頬をたたいた。

「あなたはね、ヤーニ、頭の回転も速いし、決断力もある。思い切りのよさも。情報の分析力も、人を見る目もあるけれど、そのわりに、腹芸が得意じゃないわ。セサーム閣下とは違ってね。そして、知恵は使っても卑怯な手は使わない。だから、前宰相にも信頼されたのよ」

そんな評価に、ヤーニは苦笑する。

何というか、いくつになっても、どれだけの地位に上がっても、この人には勝てない気がするのだ。

今のピサールで、ヤーニに敬称をつけずに呼べる

人間は、おそらく王族以外では、セサームとこの男くらいだろう。

「それにしても、相変わらずお若くていらっしゃいますね、ガリド様。生娘の生き血でもすすってらっしゃるんじゃないですか？」

ひさしぶりに会った恩師の顔をマジマジと眺め、ちょっとからかうように言った。

ヤーニが初めてこの男と会った当時、少なくとも二十歳は過ぎていたはずだ。つまり、今は余裕で四十を超えている計算になるが、外見上、その頃と変わったように見えないところがすごい。

見かけは三十代なかばといったところか。せいぜい、ヤーニよりもほんのいくつか年上というくらいだろう。いや、うっかりすればヤーニの方が年上だと見られかねない。

「ずいぶんな言われようだこと。まあ、褒めてもらったと思っておくわ」

ガリドがまんざらでもなさそうに首を傾けてみせた。

「それで、わざわざ宰相閣下の方からお運びとは、何の用なの？」

何か職務上で用があれば、普通はヤーニが呼びつける。

が、ヤーニとしては、できるだけ人目につかない形で頼みたかったのだ。

自分の私室や執務室では、セサームとツーカーの者が多すぎる。マンスールもそうだ。ふだんならば、それで困ることはないのだが。

ヤーニがこんなところまで足を伸ばすのも異例といえば異例だが、恩師への帰国報告であれば、おかしなところはない。

と、ガリドがふいに顔をしかめた。

「何？　少し酒臭いわね」

「……ああ、すみません。ゆうべ、少し飲みすぎまして」

頭を掻いたヤーニに、ふぅん？　とうかがうような眼差しで、ガリドが見上げてくる。

やはり、めずらしい、と感じたのだろう。

そしてそんな些細な、「ふだんと違う」感覚を見過ごすことなくすくい上げることが、この部署には必要だった。

「それで、何ですって？」

それでも何気ない様子で、先をうながしてくる。

「実は、ナナミという男のことですが。セサームが最近秘書官に取り立てたという」

「ああ…」

強いて淡々と口にしたヤーニだったが、それだけですべてを察したように、ガリドがにやりと笑った。

以前、ガリドはヤーニの師だった。つまりヤーニも、かつてはこの男に身体で仕えていた、ということだ。

どちら側か、というのは、師の心次第で弟子の方から希望できるわけではなかったが、幸いなことに、ガリドは抱かれる方が好きだったらしい。

弟子が師を選ぶことはできないが、師は自分の好みを指定することができるわけだから、むしろガリドの方で、乗っかってくれそうな体格のいいヤーニを選んだのかもしれない。

恋愛感情とは違うが、ガリドは小生意気だったヤーニの性格も、モノも、気に入ってくれたようで、ヤーニとしてもかなり鍛えられたように思う。……いろんな意味で、だ。

おたがいにたまったものを発散させるだけの気楽なつきあいであり、そのためガリドの下にいた時には、閨《ねや》の中まで仕事を持ちこむことも多かった。

シーツの上でいろんな検討をし、意見を戦わせたものだ。

そして、セサームは宮殿に出仕した当時から目立つ存在であり、ガリドが興味を持つのは当然だっただろう。

身体の、という意味ではなく、人間的な意味でだったが。

ヤーニが僧院で級友だったと聞くと、いろいろと話をせがまれ、そんな中で、ヤーニの思いを察するにも時間はかからなかった。

長い長い片想《おも》いを、あきれたように笑っていた。

だから、特に報告したわけではなかったが、自分とセサームとの関係が、二年前から少し変わったことに、ガリドは気づいていたはずだ。

ようやく、その思いが通じたことを。

恋人――という関係になったのであれば、始終、その男の側にいる別の男の存在が気にならないわけはない、と。

並ぶ者がない天下の帝国宰相であっても。あるいは、帝国宰相ともあろう者がずいぶんと初心《うぶ》だな、と。

ああ、という短い一言の中に、それだけの所見が含まれている。

だがヤーニは気づかないふりで、むっつりと聞き返した。

「ご存じですか？」

「ええ、もちろん。今官僚たちの間では一番、噂の人物じゃゃない。セサーム閣下が特定の人間を手元において育てるなんて、めったにないことですもの。話題騒然よ」

いかにも愉快そうに言われて、さらにヤーニの心中がざわつく。

「セサーム閣下の後継者候補ですものね。やっかんでる連中はいるわ、今からすりよっておこうって連中はいるわで、浮き足立ってる感じね。結構、嫌がらせも受けているみたいよ」

——嫌がらせか……。

ヤーニはわずかに眉をよせた。

自分にもあったたな、と遠い過去を思い出す。

当時の宰相に引き抜かれ、そのもとで働き始めた頃だ。

ガリドから師が変わったわけだが、幸い、というべきか、前宰相には身体で仕える必要はなかった。

当時、五十を過ぎたくらいの、壮年というのか、仕事も閨での活動も精力的な人だったが、あちらにしてもヤーニは抱きたいタイプではなかったようだ。

そして、相手に困る立場でもなかった。

そういう意味では、純粋にヤーニの仕事ぶりを見て、抜擢《ばってき》してもらったのだと言える。

明らかに毛色の違うヤーニを、もとからいた弟子たちは警戒し、疎んじ、陰ではいろんな嫌がらせをしてきたものだ。

ヤーニにしてもそれに屈することはなかったし、ナナミも、ゆうべのあの感じではやはりへこたれそうにはないが。

「ナナミがセサームの従兄弟だというのは、本当ですか？」

うかがうように尋ねたヤーニに、ガリドがあっさりとうなずいた。

「そうみたいね。セサーム様のお父上の弟、つまり叔父の息子にあたるようよ」

「ならば、名門の出でしょう？　セサームの一族の者ならバーグ・ジブリールに入学できるはずでは？

そういえば、ザイヤーンの名も持っていないようですが」

どうしても胡散臭いという感覚が抜けない。

「何をムキになってるの」

畳みかけるように問いただしたヤーニに、ガリドがあきれたようにため息をついた。

「ナナミの母親は、異国の、身分もない女性だったそうよ。でも、それこそ名門の出だった父親は彼女との結婚を許されず、駆け落ちしたせいで、一族からは長く爪弾きにされていたの。ダールという名は母方の名前ね。その両親は、ナナミがまだ幼い頃に相次いで病で亡くなって、結局、父方の遠縁に引き取られたそうよ。厄介者扱いされていたようだけど、頭がよかったから地方の僧院に入ることができた。だからここに来るまでに十年ほどかかっているの。それだけに実務経験は豊富で、セサーム閣下にしてみれば即戦力というわけね」

実力で上がってきた、というわけだ。

セサームが引き抜いてもおかしくはない。

「ですが…、その生い立ちだとセサームとの接点はほとんどないでしょう?」

顎を撫で、じっくりと考えながら、ヤーニは押し出すように口にした。

「そうね。その叔父君が一族の恥だと思われていたのなら、話題にも上がらなかったでしょうし。ここに来るまで、会ったこともなかったんじゃないかしら?」

――だとしたら。

「本物、ですか?」

ヤーニは思わず、息をつめるようにして確認していた。

どこかで偽者と入れ替わっているのではないか、

と。

前例があるだけに、疑わしい。

それに、ガリドがクスリ、と笑った。

「残念。疑う余地はないわね。父親の遺品をいくつも所持しているようだし、何より顔が母親にそっくりだそうよ。ちゃんとその遠縁にも当たって、裏はとってあるわ。彼に限らず、内宮へ上がってくる官吏たちの身元は、一通り調べるしね」

なかば茶化すように返答されて、ヤーニは低くうなった。

「なぁに？　偽者であってほしいの？」

「そういうわけではありませんが…」

意地悪く聞かれ、もごもごと口の中で言い訳する。

もし偽者だったら、すぐにその正体を暴いてたたき出してやる――つもりではあったが。

「ナナミにおかしなところがあるのかしら？」

「どうも…、俺に対して挑戦的過ぎる気がするんですよ」

わずかに顔をしかめ、ヤーニはうなった。

「そりゃ、あなたを恋敵として見ているせいじゃなぁい？　宰相閣下が相手でも、引く気がないってことかしら？　勝ち気な性格は嫌いじゃないわぁ。ああ、それにセサーム閣下からの寵愛《ちょうあい》に自信があるということかもね」

オホホホホッ、と高笑いし、あおるような口調でガリドが言い連ねる。

「とにかくっ！」

いかにも他人の不幸が楽しそうなかつての師をにらみ、ヤーニは声を上げた。

「少しナナミについて調べていただけませんか？　シャルクが関わっているのなら、似た者を用意するくらいのことはするかもしれません。身元の再確認もですが、交友関係とか、ふだんの生活とか。おかしな行動はないかどうか」

「それは宰相閣下が調べろとお申しつけなら、調べてみるけど」

肩をすくめて、ガリドが言った。そしてちらっとヤーニを見上げて、どこか意地の悪い笑みをみせる。

「セサーム閣下が見込んで引き抜いた子でしょう？　人を見る目がない方だとは思えないけど？　血のつながりが目を曇らせたと言いたいのかしら」

「むしろ、養子ということに関しては、あいつの判断が当てにならないということですよ。……一度、失敗してますからね。しかも死ぬような目に遭っておきながら、まったく懲りてない」

冷然と言ったヤーニに、ああ…、とガリドがうなずいた。

そしてわずかに表情をあらため、無意識のように指先が唇を撫でる。

「……そうね。実際のところ、ナナミについては気になる点がまったくないわけじゃないしね」

「どういうことです？」

そんな意味ありげな言い方に、ヤーニは身を乗り出すようにして聞き返した。

「あの子ね…、もちろん優秀なのは確かだけど」

指先でこめかみのあたりを押さえ、思い出すようにガリドが言葉を続ける。

「中央《ラマ・ガハル》へ推薦される前、地方にいたわけだけど、先に昇進が決まっていた男が一人、急死しているのよ。病死と処理されているけど」

「……それで？」

言いたいことは何となく推測できるが、ヤーニは先をうながした。

「それで、ナナミが代わりに昇進することになった。

それから一年ほどあとだけど、今度は中央へ一人、推薦されることが決まった時、本当は別の人間に内定していたらしいのよね。それがある日、いきなり行方不明になった」

そこでいったん言葉を切り、軽く両手を広げて意味ありげに見上げてきたガリドに、ヤーニはあえて冷静に言った。

「二回続いたのが偶然かどうか、ということですね……」

「ええ。ただ本当は、ナナミの方がずっと優秀だったらしいのよ。けれど、上司の受けがあまりよくなくてね。推薦をとるのは難しいと言われていたようなの。それが急な失踪《しっそう》で、ナナミに順番がまわってきたわけ」

ヤーニは眉をよせ、無意識に指を口元にやって考えこんだ。

怪しい、と思える。

だがただの偶然を、自分が偏見を持って見ているだけなのかもしれない。

いずれにしても、はっきりさせることが必要だった。

「調べていただけますか？」

今度は意地のような言葉ではなく、しっかりと疑念を持って口にする。

「ええ。ただ先に、セサーム閣下ときちんと話した方がいいんじゃない？」

さらりと指摘され……、まったく正論である。

「もちろん、そのつもりですよ」

渋い顔で、ヤーニは言った。

帰ってきて、まともに話せていないのだ。そうでなくとも、時間はとるつもりだった。

「ああ、それはそうと」

思い出して、ヤーニは口を開いた。

「例のテトワーンで押収した資料ですが、セサームが調べたいそうですから、いったん司法庁の方へ移してもらっていいですか？」

運んで来た大量の資料は、とりあえずこの帝史編纂庁預かりにしていたのだ。ここには物置のように、あっちこっちの片づかない資料や書類が運びこまれている。

「セサーム様が？　まあ、あなたはたまった仕事で、しばらくそんなヒマもないでしょうからね」

「あとで兵をよこしますから」

「ええ、わかったわ。……それで、長老の方はどうなの？」

それにうなずいてから、ガリドがわずかに声を潜めた。部屋に、イクスをのぞけば、他に誰がいるわけでもなかったが。


山の長老《シャイフ・アル・ジャバル》を捕らえたことは、あらかじめガリドには伝えてあった。

というより、ガリドの配下が主導して、数人のヤーニの腹心である軍人をつけ、帰りの大移動の中にまぎれこませたのだ。

ラマ・ガハルでの受け入れも、ガリドが事前の準備をしていた。

今は通常の牢ではなく、目立たない特別な場所に監禁されており、限られた配下の兵で見張らせている。

実のところ、都に入るまでは、イクスがその任に当たっていたのだ。

「俺が動くと目立ちますから、まだ様子を見に行ってはいませんが。セサームも尋問したいと言ってましたけどね」

それにガリドがわずかに目を丸くしてみせる。

「ずいぶんと熱心だこと。高貴な方ならば、普通は近づきたくないところでしょうに」

と、思い出したように、ちょっと眉をよせて言った。

「そういえば、セサーム様はシャルクに実の妹を殺されていたんだったわね」

ええ、とそれに厳しい表情でヤーニがうなずく。

ファーラという名の、セサームが一番、可愛がっていた妹だ。

当時、まだ十二、三の美しい少女だったが、シャルクに惨殺された。見せしめのように、公衆の面前に乱暴された姿をさらされて。

実際に、当時すでに司法長官の養子となっていたセサームに対する見せしめだったのだろう。襲撃の難しかった司法長官やセサームの代わりに、標的にされたのだ。

ヤーニがまだガリドのもとにいた頃で、その時のセサームがどれだけの衝撃を受けていたか、どれほど憔悴《しょうすい》したか、ヤーニもよく覚えている。

それ以降、セサームの、シャルクに対する弾圧、粛清《しゅくせい》はいっそう苛烈《かれつ》を極めた。

そしてそれだけ、セサームはシャルクからの恨みを買い、つけ狙われることとなったのだ。

襲撃や暗殺未遂は数知れず、端で見ていたヤーニも気が気ではないほどに。

「とりあえず、専任の尋問官に当たらせます。まずは連中の隠れ家をしゃべらせて、残党を追いこみたいですね」

専任の尋問官というのは、もちろん相手をしゃべる気にさせる技術のある人間だが、その中には拷問《ごうもん》係も含まれる。

そんなヤーニの意気込みに、ゆったりと腕を組んでガリドがうなずいた。

「まあ、それが先決ね」

そして、ふと思いついたように目を輝かせる。

「シャルクは薬にも通じているようだから、素敵な自白剤なんかの処方もあるんじゃないかしら？　媚薬とか、毒薬とかのサンプルが手に入るようなら、絶対、うちにもまわしてねっ」

語尾が飛び跳ねるようにいかにもうきうきと言われ、はぁ、とヤーニは返しつつも、こっそりとため息をついた。

――何に使う気だ…？

あまり考えたくもないし、聞きたくもない。

「諜報活動」において、ガリドがどんな手を使っているのか、ヤーニとしてはあまり深くつっこまないことにしていた。

「ねぇ、それはともかく」

と、少しばかり澄ました顔で、難しい表情のヤーニの横をすり抜け、ガリドが何気ないように後ろのイクスに近づいていく。

「あなた、めずらしくイイ男を連れているじゃない？　ガタイがよくて、あちらも上手そうで」

艶然《えんぜん》と微笑みながらするりと手を伸ばし、イクスの頬を撫でている。

「私への遠征土産かしら？」

「あの…」

さすがにとまどったように、イクスが一歩引き、助けを求めるようにヤーニに視線を向けてくる。

「違いますよ。そんな獲物を見つけた肉食獣みたいな目で、俺の部下を見ないでください。イクスは真面目な男なんですから。あなたの餌食《えじき》にはさせません。お試しもダメです」

しっかりと釘《くぎ》を刺し、ヤーニはじっとガリドをにらみつけた。

「失礼ね」

ふん、とガリドが鼻を鳴らす。

「相変わらず、若い子がお好きですね」

ヤーニはあきれてため息をついた。

「ピチピチしてる方がいいに決まってるじゃない。だいたいあなたね、ヤーニ。今、セサーム閣下を満足させてあげられてるのなら、私がテクニックを磨かせてあげたおかげだと感謝なさいな。ま、私から巣立っていったあとも、結構、遊んでいたようだけど？」

腕を組み、ちろりとヤーニを見上げて、ガリドが皮肉な口調で言う。

さすがに体裁が悪く、ヤーニは無意識に咳払いをした。

ずっとセサームを思っていたとはいえ、二十年だ。それなりにたまった時、伽《とぎ》を命じた者はいる。

「セサームはガリド様とはまるで違いますよ。もっと清楚《せいそ》で、上品なんです。ベッドの上でも。もっと大事に扱わないといけないんですよ」

ヤーニはそれに、強いて平然とした顔で言い放った。

ハァ？　とガリドがまったく心外そうにうなり、じりっと詰めよってくる。

「そういうのって、抱いておもしろい？　淡泊そうな方だしね」

「感動的です」

「あっそ」

無表情なままに返したヤーニに、ガリドがむっつりと吐き出した。

「では、よろしく頼みます」

そう言い残すと、これ以上、責められないうちに、さっさとヤーニは部屋の扉を開いた。

と、そのタイミングを見計らったように、背中からガリドがよく通る声を上げる。

「イマード！　カウィ！　ちょっと来て！」

さっきヤーニが依頼した、シャルクの資料の件を伝えるのだろう。

ヤーニたちが部屋を出た先で、素速く席を立った男が二人、近づいてくる。

それに、ヤーニは親しげな笑みを向けた。

「この間はご苦労だったな、イマード、カウィ」

二人とも、顔見知りの男だった。どちらも二十七、八くらいで、一応、文官ではあるのだが、引き締まった敏捷《びんしょう》そうな体つきをしている。

イマードは童顔の、どこか人懐っこい雰囲気で、カウィはいつも落ち着いた、穏やかな笑顔をみせている男だ。

やはり人に疑いを抱かせずに近づき、相手を気持ちよくしゃべらせる、という特性が必要な部署ならではだろうか。どちらも人当たりはいい。

「とんでもありません」

「ヤーニ様こそ、お帰りになったばかりだというのにお疲れ様です」

そんな恐縮したような挨拶に、ヤーニも苦笑いする。

「それはおまえたちもだろうが」

二人は今回の遠征先だったアリア＝タリクで、ヤーニの影の補佐としていろんな調整をしてくれていたのだ。

正規軍の兵士たちを動かしにくいあたりで。

そもそもアームジー派の勢力が強いアリア＝タリクの情報、部族の動きや人間関係を事前に調べてもらったり、長老の件での、ガリドとのやりとりを中継してもらったりということもあった。

テトワーンが陥落したあと、ヤーニの軍よりもひと足早く都に帰っていたが、まともに休みをとる余裕はなかっただろう。

「……あまりこき使われるようなら、俺に密告してくれ」

顎で背中の執務室を指しながら、こっそりと耳打ちするように言うと、二人が含み笑いで顔を見合わせる。

「うちのによけいなことを吹き込まないでちょうだい！」

背中からガリドの声がカッ飛んできて、吹き飛ばされるようにヤーニは廊下へ出た。

やれやれ…、と息をつく。

気が置けない関係ではあるが、いささか気疲れする。いろいろと見透かされ、手の内を読まれているあたりも、ちょっとやりにくいのだ。

ヤーニは半歩後ろについていた男に、ため息混じりに注意した。

「あの方に近づく時は気をつけろ。うっかりすると食われるぞ」

「ヤーニ様も食われたのですか？」

素朴な疑問が返ってきて、ヤーニは肩をすくめた。

「……ある意味な。昔の話だ」

ああいう性格ではあるが、仕事は確かだ。

「イクス、おまえもナナミという男のことは気をつけておいてくれ。今、俺の仕事にも関わっているようだから、一度、引き合わせるようにはする。おまえにも俺の仕事を手伝ってもらうことになるから、近づける機会もあるだろう。新参者同士なら、口が軽くなることもあるかもしれん」

はい、とイクスが静かにうなずく。

無口で、さほど器用そうには見えないが、人を見る目、というか、観察眼はある男だった。

予断を挟まず、しっかりと見るべきものは見ている。

だが冷静に考えて、本当はナナミを疑う理由はないのだろう。

何より、セサームが信頼しているのであれば。

ただ自分が気に食わない、というだけで。

自分が恐れている、というだけで。

セサームとの間に、異物のようにその存在が入ってこられることを。

他にこれといった用はなく、まっすぐに私室へ帰ってよかったのだが、そのあたりは貧乏性というのだろうか。

ちょっと様子を見に、と、つい宰相府の方へとヤーニは足を進めていた。

通常であれば一日中、人の出入りが激しい自分の執務室は、今は主がいないわけだから使われているはずもなく、その手前にある執務官たちが事務作業をしている大部屋の方だ。

特に機密を要する内容でなければ、官吏たちのほとんどの仕事がここで行われている。

深夜から明け方であっても、常に誰かが在籍し、仕事をしている場所である。……ヤーニがそれを強いているわけではなかったが、職務上、どうしても残業が出る、ということだ。

と、差しかかったあたりで、いつになく大きな怒鳴り声が廊下にまで響き渡り、ヤーニは思わず眉をよせた。

「いちいちおまえに指図されることじゃない！　いったい何様のつもりなんだ、おまえはっ!?」

かなり殺気だった様子だった。

「落ち着いてください、サヘル！　……ナナミ、あなたも少し言葉が過ぎるようですよ」

そして、なだめるようなマンスールの声も聞こえてくる。

どうやら、ナナミが来ているようだ。

マンスールが言っていたように、官吏たちとの間で軋轢《あつれき》が起きているらしい。

「つけ上がってんだよ、こいつは！　セサーム様のお気に入りだからってな。……なあ？　どうやって取り入ったんだよ？」

「セサーム様はこの手の顔がお好みなのか？　可愛がりたいツラじゃないだろ。ま、泣かせたいツラではあるけどな」

「あの方の前ではいい子にしてんだろ。それとも…、あっちの方が相当うまいとかな？　口か、尻《しり》の具合がさ」

下卑《げび》た、嘲るような笑い声がいくつか上がり、ヤーニは思わず顔をしかめた。

内宮の、宰相直轄の執務室である。

ここからさらに下の部署へと実務的な仕事が流れていくわけで、ここにいる人間は誰もが選ばれて在籍していた。それぞれに一定以上の能力はあるはずだった。

だが、それにしてはいささか品格がなさ過ぎた。

気が立っているせいもあるのだろうが。

ヤーニにしても、自分の管理下の執務官たちとはいえ、ざっと数百人、あるいは千人もいる人間をすべて把握しているわけではない。

ナナミはともかく、セサームのことをあげつらわれるのは気分が悪く、ヤーニは大股《おおまた》で執務室へ乗りこんだ。

「ずいぶん騒々しいな」

強いて淡々とした調子で口にしたが、その声は室内の殺伐《さつばつ》とした空気を裂くように通り抜けた。

一瞬にしてピタリと話し声と物音がやみ、ハッと中の男たちの視線が集中する。

広い執務室だ。いくつかの島があり、それぞれの専門部署ごとに分かれているのだが、騒ぎが起きているのはその真ん中あたりだった。
四、五人がナナミを取り囲むように威圧しており、マンスールがその間に立っている。
そして他の部署の人間は、我関せずといった様子で仕事を続けている者がほとんどだったが、騒ぎを遠巻きにするようにして、おもしろそうに眺めている連中も多かった。

その誰もがいっせいに立ち上がり、あせったようにそれぞれに礼をとってくる。

「こ…これは、ヤーニ様」

騒いでいた連中も顔を引きつらせて、あわてて向き直った。

「このたびは…、その、無事にご帰還されまして、何よりな……」

「留守中は面倒をかけたな。それで、マンスール、どうかしたのか？」

口の中でもごもごと言いかけた男の言葉をさえぎるようにして、ヤーニはぴしゃりと問いただした。

「いえ…、その、少しばかり行き違いがありましただけで」

ヤーニや、他の執務官たちの前でどちらの味方をするわけにもいかず、マンスールが口の中で言葉を濁《にご》す。

「それは…、この男が差し出がましい口をきくからですよ！　もともと自分の役目でもないくせにっ」

しかしそれに、こらえきれないように一人の男が嚙みついた。

さっきマンスールがなだめていた、サヘルという男だ。この部屋にいる人間くらいであれば、ヤーニもなんとか顔と名前を一致させることができる。

「あまりにも仕事が遅いので、進捗《しんちょく》をうかがいに来ただけですが」

それに顔色一つ変えず、冷ややかにナナミが受けた。

「なんだとっ!?」

「サヘル！」

男がつかみかかろうとしたのを、危うくマンスールが引きもどす。

相当にいきり立った状態だ。

「ナナミ…、おまえか」

そっと息を吐き、わずかに目をすがめるようにしてヤーニはそちらに視線を向けた。

ナナミが臆《おく》した様子もなくまっすぐにヤーニに向き直り、丁重に一礼する。

「お騒がせして申し訳ございません。ただこちらを上げていただけませんと、待たせている他の者の仕事が進みませんので」

「い…今からやろうと思ってたんですよ！　それを横からごちゃごちゃ…」

サヘルがあせったように反駁《はんばく》する。

「三日前からそうおっしゃっておいでですね。この程度の仕事に三日もあって上がらないというのは、あなたがよほど無能だという証明でしょうか？」

まったく容赦ないナナミの指摘に、男が顔を赤くして激昂《げきこう》した。

「きさま…！　言わせておけばっ」

「私はヤーニ様のもとに、まともに仕事のできない人間がいるとは思っておりませんので」

　無表情なままに、ナナミが言い放つ。

「嘘《うそ》をつけ！　おまえは自分以外の人間が能なしだと嘲っているのだろうが！」

「いいえ。自分から仕事を求めようとしない役立たずがいるだけだと思っています」

「なんだと…!?」

　あまりに辛辣な言葉に、どう言い返していいのかわからないように、サヘルが今度は顔を蒼《あお》くして絶句する。

「なるほど、手厳しいな」

　ヤーニは思わず苦笑してしまった。

　いっそすがすがしいほどではあるが、言われた方はたまらないだろう。

「できないならできないで見切りをつけて、仕事を渡してくれればいいんですよ。それもできないようなクズみたいなプライドなど、ドブに捨ててください」

「き…きさま…、地方上がりの田舎者がっ！　きさまが中央のやり方をわかってないだけだ！」

　サヘルがマンスールの腕を振り払うようにしてわめいた。

　その言葉に、ヤーニはわずかに眉をよせる。

　そして静かに言った。

「私も相当な田舎者だがな」

　あっと、一同の目がヤーニに向いた。

　やはり高級官吏ともなると都の名門の出であるのが一般的で、ヤーニのように地方からここまで成り上がるのは希有な例だ。

　そのため、今でもヤーニは古くからの名門貴族たちの受けはよくない。

「そ…それは」

とたんにあせったように、サヘルが視線を漂わせる。

かまわず、ナナミが畳みかけた。

「それで、今、渡していただけるのでしょうか？」

「だから、それは今から…！」

サヘルが憎々しげにナナミをにらむ。

「私が見よう」

それにさらりとヤーニは言った。

えっ？　とサヘルが驚いたように、ナナミもわずかに目をすがめるようにして、ヤーニを見つめてくる。

「そんな…、いえ、お帰りなったばかりのヤーニ様にそれは。わ、私が代わりに」

あわてて、横にいた別の男が口を挟む。

「おまえたちも別の仕事があるから手がまわらないのだろう？　誰かがやらねば、先へ進まぬようだからな」

「それは……」

困ったように、男たちが顔を見合わせる。

「おまえたちの言い分はあとで聞こう。そうでなくとも、私が長らく留守をしたせいで、急ぎの仕事がたまっているのだろう？　席へもどれ」

指示してから、思い出して、ヤーニは広い部屋中に響くようにわずかに声を大きくした。

「……ああ、ついでに紹介しておこう。イクス」

少し離れた後ろで黙って騒ぎを眺めていた男を、指で呼んだ。

ようやくその存在に気づいたように、あたりが少しばかりざわつく。

「イスハーク・アル・アインだ。私の警護につく。

しばらくはラマ・ガハルに慣れるために、あちこちを自由にまわってもらうが、気にするな」

そんな紹介に、意外な思いがあるのだろう、室内がさらに落ち着かないようにどよめいた。

「よろしくお願いいたします」

しかしかまわず、イクスが淡々とした表情で短く挨拶する。

それに、とりあえず一同がためらいがちな会釈で返した。

「ああ、イクス、ちょうどよかった。通行許可証が出たところです」

マンスールが思い出したように声をかけ、それでようやくあたりの空気が通常にもどったようで、それぞれが自分の席で仕事についた。

一人残されたナナミが軽くヤーニに一礼して背を向けようとしたのを、ヤーニは呼び止めた。


「ナナミ、セサームのところへ帰るのか？」

「はい。私はあちらでの仕事が本筋で、こちらはお手伝いに過ぎませんから」

「あっちこっちでイイ顔をしてるだけだろっ」

淡々としたそんな返事に、どこかで独り言のように――しかし明らかに聞こえるように、低く吐き出すのが耳に届く。

かまわず、ヤーニは続けた。

「ならば言伝《ことづて》を頼む。今夜は…、少し早めに寄る、と」

何でもない、穏やかなその言葉に、ナナミの表情が一瞬、強張《こわば》った気がした。

……いや、ヤーニにしても、いくぶん挑戦的だっただろうか。

ことさら必要もない言伝を頼むのは。

力関係がはっきりとしている者に対してすること

でもない。

わかってはいたが、つい自分の立場を主張してしまいたくなる。

毎夜、訪ねるほどの関係なのだと。

「承りました」

しかしそれに腰を折るようにして、ナナミが丁寧に応える。

そして顔を上げたタイミングで、その視線をとらえるようにして、ヤーニは言った。

「敵を増やして仕事がやりやすくなるわけでもないと思うが？」

静かな言葉に一瞬、目を伏せてから、ナナミが返してくる。

「中央が、これほどのんびりとした仕事ぶりとは思いませんでしたので」

どうやら一歩も引く気はないらしい。

ヤーニはそっとため息をつく。

――セサームのことでも、か…。

それにしても、セサームもこれほど気の強いのが好みとは思わなかったが。

部屋を出たナナミを視線で見送り、とりあえずヤーニは奥の自分の執務室へ入った。

イクスと、そしてマンスールが後ろからついてくる。

「いつもあんな感じなのか？」

マンスールが扉を閉じると、ヤーニは知らず眉間《みけん》に皺《しわ》をよせて尋ねた。

「ええ…、まあ。相手によるのですが。きちんと仕事を上げてくる者に対しては、敬意を払っているようですし」

それにマンスールがいくぶん困ったように答える。

「さっきのはどちらの問題だ？」

「どっちもどっちという感じですが…。サヘルにしても、確かに他の仕事がありますし。ただ、ナナミへの嫌がらせもあって、手をつけなかったところもあるのではないかと」

「なるほどな」

いくぶん口ごもりつつ言った言葉に、ヤーニはため息とともにうなずく。

あの男がセサームの養子になるのであれば――少なくとも秘書官であるのならば、宰相府との連携で動くことも多い。

わざわざ自分でやりにくくすることもあるまいに…、と思う。

頭がよいのであればなおさら、そのくらいの計算ができないとも思えない。

融通が利かない性格なのか、あるいは何か……他に狙いがあるのだろうか？


「ああ、通行証ができたのだったな。イクスに渡してやれ」

思い出してマンスールに指示すると、はい、といったん外へとりにもどったマンスールが、小さな書き付けを持ってもどってくる。

「こちらです。あとはヤーニ様の署名をいただければ」

「ああ」

ヤーニはうなずき、ひさしぶりに執務机について、差し出された紙に署名を書き入れる。

そのまま、イクスに手渡した。

「行っていい。ラマ・ガハルの中の位置関係を頭に入れろ。……動きながらでいい、さっきのナナミの動きに注意しておいてくれ。それと、セサームが部屋の外に出ているのに気づいたら、遠くからでかまわん。それとなく警護を」

「はい。しかし、私はセサーム閣下の顔を存じ上げませんが」

「ああ…」

まともに返されて、ヤーニは思わず目を見張る。

セサームの顔を知らない人間がこの世に、というか、大宮殿の中にいるとは思わなかったのだが、冷静に考えてみれば、イクスは辺境から初めて都へ来たのだ。

知らなくて、当然だった。

セサームどころか、皇帝の顔すら、見たことはないのだろう。

ダメだな…、と少しばかり反省する。自分の常識があらゆる常識ではない。

「そうだな。今夜にでも引き合わせておこう」

苦笑して、ヤーニは言った。

5

少し早めに、という伝言を受けてはいたが、結局、ヤーニが部屋へやって来たのは、かなり夜も更けてからだった。

「すまない。遅くなった」

少しばかりあせった顔で部屋へ入ってきた男が、セサームの顔を見てあやまり、そしてソファの脇に立っていたナナミの姿にわずかに表情を硬くする。

ナナミの方は落ち着いて向き直り、淡々と一礼した。

「ご伝言はお伝えしない方がよろしかったですね」

さらりと口にした皮肉ともとれる言葉に、グッ…、とヤーニがつまる。

ヤーニがそんなふうに言い負かされるのはめずらしい。ナナミには苦手意識があるのだろうか。

「どうせ執務室によったら、たまっていた仕事に没頭してしまったのだろう」

少しばかりかばうように、小さく笑って言ったセサームに、まあな…、とヤーニが体裁悪いように視線を逸らせた。

「私より、仕事に夢中というわけだ」

さらに意地悪くつけ足してやると、ヤーニがあわてて声を上げる。

「いや、そういうことではない。ただ、その…、気がついたらこんな時間になっていた」

ヤーニのあせった様子に、セサームはくすくすと笑う。

「わかっているよ。別に問題はない。退屈していたわけではないからな」

さらりと受け流す様子で、実は急所を突く言葉に、さらにヤーニが渋い顔をしてみせた。

あまりいじめるのも気の毒で、セサームは何気なく視線を扉の方に向ける。

そこには体格のいい男が一人、黙したまま、まっすぐに立っていた。いい姿勢だ。

「なるほど…、その男か。イスハーク・アル・アイン」

ナナミから、すでに話は聞いていた。

それに、ああ…、と思い出したように振り返り、ヤーニが男を呼ぶ。

「顔を覚えておいてくれ。おまえの警護だ」

ヤーニのその言葉に、セサームはちらっと微笑む。

「おまえの警護ではなかったのか？」

ヤーニの警護、とは聞いていたが、おそらく違うのだろう、という予想はあった。

自ら進んで警護をつけるような男ではない。

「どちらも、だな。状況によりけりだ」

いくぶんとぼけるように、ヤーニがあっさりと答えた。

ヤーニが自分に専任の警護をつけたがっているのはわかっていたが、セサームとしてもそれをたやすく受け入れるつもりはない。

「すぐ側でとは言わん。目に入らないところで気を配っておくくらいだ。通常の警備の一つと思ってもらっていい」

セサームのいくぶんとがめるような眼差しに、言い訳みたいにヤーニが付け加えた。

肩をすくめ、セサームはあらためて男をじっと見上げた。

寡黙《かもく》で、実直そうな男だ。

初対面で、セサームの身分を知っていながら、これほどまっすぐに視線を返してくる人間は少ない。

ただ、側におくにはやはり威圧感がありすぎるだろうか。

「アリア＝タリクの領主のもとにいたのだがな。かなり使えそうだったので、俺が引き取った」

「ヤーンに目をつけられるとは、幸運だったな」

簡潔なヤーニの説明に、微笑んで言ったセサームを見つめたまま、はい、とイクスが淡々とうなずく。

「イクス。今日はもういい」

顔合わせというだけだったのだろう、ヤーニがあっさりと指示する。

「シリィ、おまえもかまわないよ」

それにおっとりと、セサームも続けた。

何気なく口にしながらも、ちらっとナナミとどこか共犯者的な視線が交わる。

実のところ、たった今までヤーニの話をしていたのだ。

むろん、それだけでもないのだが。

「はい。では、おやすみなさいませ」

「失礼いたします」

相次いで部屋を出る二人の背中を――むしろナナミの、だろう――見送って、ヤーニがボソリとつぶやくように尋ねた。

「よく…、こんな時間まで部屋に来ているのか？」

あの男は」

「秘書官だからな。必要があれば、いつでも」

何でもないように、セサームはさらりと答える。

「なるほど」

と、低く、あえて感情をみせない声が返ってきた。

ヤーニの考えていることは想像できる。

ナナミとの関係がどこまで進んでいるのか、だ。

この間、ナナミが挑発したように、すでに身体の関係があると思っているのか…、あるいはないにしても、この先、どうするつもりなのか。

セサームがナナミを養子にした場合、自分たちの関係をどうするのか。

……ヤーニ自身はどうしたいのだろう？

ナナミとの関係は別のものとして、今のままセサームとの関係を続けたいのか、あるいは――きっぱりと別れるのか。

いや、もとにもどるだけ、なのか。

ただの親友であり、同志だった頃に。

……すんなりともどれるのだろうか？　ヤーニは。

そして、自分も。

この二年間がなかったように？

二人だけになって、ヤーニがふいに長い息を吐き出した。

「ひさしぶりに緊張した」

前髪をかき上げながらボソッとつぶやくように言うと、ソファのセサームに近づいてくる。

いいか？　と、礼儀正しく、……どこか他人行儀に聞かれ、セサームは軽くまぶたを閉じるようにしてうなずく。

「何がだ？」

そして、すぐ隣にヤーニが腰を下ろすのを眺めながら、首をかしげて怪訝《けげん》に聞き返す。

「ここへ来るのが」

それにヤーニが、苦笑するように答えた。

自分の膝の上で両手をこすり合わせ、少しばかり照れくさそうに、視線は合わさないままに。

「ここ何年…、こんなに何カ月も離れていたことがなかったからな」

そんなふうに言われて、そういえばそうだったか、とようやくセサームも思い出す。

十年ほど前にセサームが足を傷めてから、……いや、セサームが生死の境をさまよってから、だ。

ヤーニは毎日のように、この部屋に姿を見せていたから。

おそらくはセサームの意識がない間も、ずっと。

それがあたりまえとなり、習慣のようになっていたのだろう。

少しばかり居心地の悪い思いで、セサームはさりげなく話を変えた。

「そういえば、資料は受けとったよ。かなりの量だな」

テトワーンで押収された資料が、夕方頃、兵士たちの手で司法庁に運ばれていた。

ああ、とヤーニも思い出したようにうなずく。

指示して、それきり忘れていたくらいだろう。

「兵たちとは別に官吏がついていたようだが、あれはガリド様のところの者なのか？」

　何気なく、セサームは尋ねる。

「そうだろう。資料は帝史編纂庁で保管してもらっていたからな。イマードかカウィだと思うが。二人が今回の作戦に協力してくれていた。何か特に目当ての資料でもあれば、連中に頼めば探してくれるはずだ」

「そうしよう」

　ヤーニの言葉に、セサームはうなずく。

　なるほど、今回の遠征にはガリドの部署の綿密な支援体制もあったようだ。実際、テトワーンは軍の力業だけで落とせるものでもない。

　山の長老を密かに移送するのにも、ガリドたちが関わったはずだ。

「テトワーンが陥落した今、精査を急ぐ必要はない。まあ、ガリド様などはシャルクの薬に興味があるようだったがな」

　そんなふうに言って、ヤーニが苦笑いする。

　帝史編纂庁の長官であるガリドがヤーニのかつての師であることは、セサームももちろん知っていた。そして今では、諜報機関の長としてヤーニが全幅の信頼をおいていることも。

　ヤーニの口から出るその男の名に、チリッ…、と胸が疼《うず》く。

　嫉妬――などではないはずだが。

　つきあいの長さで言えば、自分の方が遥かに長い。だが身体を重ねた回数…、年月は、ずっとガリドの方が長いのだろう。

　以前は気にしたこともなかった。

　だがヤーニとのその時間を知った今なら、わかるのだ。

　特別で、濃密な時間。それを共有することが、どれだけ気持ちを引き合わせるのか。

自分と同じことを、あの人もしたのか…、と。

同じように愛されて、腕の中でまどろんで、幸せに眠りに落ちたのか、と。

……バカげている、と思う。

わかっているはずだった。師弟の関係だ。

かつてセサーム自身、ヤーニに言ったはずだった。師であれば、愛情のすべてをもって育ててやることも必要だと。

ならば、二人の信頼や絆《きずな》が強いことは、正しく喜ぶべきことでもある。

セサームは小さく息を吸いこみ、一瞬、目を閉じた。

「薬か…。確かにそれがあれば、諜報活動には役立ちそうだな」

気持ちを落ち着けるようにして、ゆっくりと言葉にする。

「自白剤でもあれば、長老にこそ使ってみたいところだが」

「テトワーンの暗殺者ならば、耐性があるのではないのか？　毒やいろいろな薬には身体を慣らしているのだろう？」

ヤーニの言葉に、セサームは素直に疑問を口に出した。

「暗殺者たち…、連中の言う戦士たちならばな。だが今の長老は神官のようだ。外へ出て自らが手を汚すわけではない。そんな訓練をしているかどうかは怪しいものだ」

あっさりと返され、なるほど、と思う。

「それだけに、死を選ぶ勇気もなかったということか…。まあ、薬の処方箋《せん》や実物が見つかったら、専門の人間に調べさせよう。私としても、そのあたりは専門外だからな。……そういえば、長老はどこに捕らえているのだ？　他の囚人たちと一緒にしているわけではないだろう？」

さりげなく、セサームは尋ねる。

「今は、旧北兵舎の地下倉庫に入れている。すぐ隣の建物が兵士の懲罰房だからな。見張りの兵の姿があっても、それほど不審に思われない」

答えてから、ヤーニがちょっと気難しげに眉をよせ、確かめるようにセサームを見た。

「本当におまえが自分で尋問するつもりか？」

「必要があればね」

さらりと答えたセサームに、ヤーニがあからさまなため息をついてみせた。

「ならば、その時は必ず俺に言ってくれ。そして、イクスをつけろ」

「わかったよ」

安心させるようにセサームは微笑んでうなずいたが、ヤーニが胡散臭そうに眺めてくる。

「おまえが素直すぎると、勘ぐりたくなるな」

そんな言葉にセサームは肩をすくめる。

「人の言葉を疑りたくなるのは、おまえのヘソが曲がっているせいではないのか？」

ちょっとからかうように言って、セサームは何気なく手を伸ばし、ヤーニの腹のあたりをつっついてやる。

少しばかりくすぐったそうに喉で笑い、ヤーニがその手をつかんだ。

グッ…と強く握りしめられ、口元に持ち上げられて、指先に優しくキスが落とされる。

熱い眼差しがじっと、うかがうように見つめてくる。

その意味はわかっていたが、セサームはあえて気づかないふりで話を続けた。

「それにしても、山の長老を捕らえて公表しないなどと…、皇帝陛下に知れたら、それこそまたあとで何と勘ぐられるかわからないぞ？」

「無用の混乱を避けるためだ」

それにヤーニは、平然と答えた。

「本来は、私が詮議《せんぎ》して刑を決めねばならぬところだが？」

「死罪以外の選択があるのか？　まあ、資料の調べが終わるまでは、生かしておく必要があるのかもしれんが」

いくぶん皮肉に尋ねたセサームに、あっさりとヤーニが返してくる。

「しかし私にも知らせなかったとはね。ガリド様は事前に知っていたのだろう？」

何気なく、セサームは尋ねた。

「あの人には知らせておく必要があったからな。テトワーンで隠れていた長老を見つけたのがイクスだった。おかげで、最小限の人数で秘密を守ることもできたわけだ」

「なるほど…、それであの男を信頼しているわけだな」

「それもある」

穏やかに答えたヤーニをまっすぐに見つめ、セサームは言った。

「私がシリィを信頼するのと同じように、な」

その言葉にヤーニがわずかに目をすがめ、そっと息をついた。

セサームの手を握ったまま、しばらく沈黙していたが、やがて口を開く。

「……あの男を、ナナミを養子に迎えるつもりなのか？　そのような噂があるそうだが」

静かな、しかしどこか緊張をはらんだ問いに、セサームは小さく笑った。

「本人は、一度もそのような望みを口にしたことはないけどね」

「自分からは言うまい。その野心があればなおさらな。そんなバカじゃない」

小さく首を振ってから、もう一度尋ねてくる。

「養子にするつもりなのか？」

「ふさわしいと思えばね。いずれは誰かを選ぶ必要がある。私も…、おまえもな。まさか、このまま後継者を育てぬつもりではあるまい？」

「それはそうだが」

ヤーニが喉の奥で低くうなる。

「シリィでは問題があると？」

あえて尋ねたセサームに、ヤーニがため息をついた。

「養子を選ぶという意味では、おまえの判断を信用することはできんな。……あの時もそうだった」

さらりと言われて、セサームは一瞬、息をつめた。

なるほど。そう言われればそうかもしれない。

ヤーニがようやく握っていた手を離し、その手でセサームの動かない足をそっと撫でる。膝のあたりを。

セサームにはかつて一人だけ、養子にした男がいた。いや、今でも養子には違いない。その関係を解消したわけではなかったから。

だがその男が、セサームの足の自由を奪ったことは間違いなかった。

カナーレという名の、セサームが街で拾った異国の少年――当時はまだ十五歳だった。

ナナミと同じく、美しく、頭のよい子で。

目が不自由で…、まさかシャルクの暗殺者だなどとは、思ってもいなかった。ただずっと、何かに苦しんでいたことは察していたけれど。

カナーレは、シャルクに命じられ、セサームを暗殺するために近づいた。

それでも、あの子は苦しんでいたのだ。実際に、セサームを殺しきれなかった。

それだけに、セサームの中には憎しみよりも悔しさしか残っていない。自分が、あの子を助けてやれなかったことに。

だがヤーニからしてみれば、そんな男をむざむざと近づけたことに、後悔があるのだろう。

カナーレのために、セサームが命を落としかけたのは事実だ。

二度と、同じ過ちは繰り返さない——、と。

それだけにナナミを警戒する気持ちはわかる。

「だいたいおまえは、わけがありそうな人間にうかうかと引っかかり過ぎだ」

ピシャリと言われ、セサームはちょっと首をかしげた。

「シリィにどんなわけがあると?」

「おまえの一族に爪弾きにされてたんだろう?」

あっさりと返されて、セサームは、ああ…、とうなずいた。

「なるほど。そう言われてみればそうかもしれないな。正直なところ、ラマ・ガハルで挨拶を受けるまで一度も会ったことがなかったし、存在すらまともに知らなかったから、意識したことがなかったが」

叔父のことはうっすらと覚えていたが、十歳で僧院に入ったセサームにしてみれば、親戚とはほとんど面識がない。

だが、ヤーニがそんな細かい事情を知っているということは。

「ガリド様に聞いたのか？」

静かに聞き返すと、あっ、とあせったようにヤーニが視線を逸らす。

勝手に探っていたことを叱られたようで、バツが悪いのだろう。

それでも開き直ったように、ヤーニがまっすぐにセサームを見て言った。

「子供時代はかなりつらい生活だったようだ。ならば、ザイヤーン家を…、おまえを恨んでいてもおかしくはあるまい？　そこにシャルクがつけこんだとしたらどうだ？」

「バカバカしい…」

それに、セサームは鼻を鳴らした。

そして対抗するように、ヤーニをにらむ。

「ならば、さっきの男…、イスハークが怪しくないとなぜ言える？」

「何？」

想像していなかったように、ヤーニが眉をよせた。

「イクス＝ハリムの出身だろう？　アームジー派の勢力が強いところだ。シャルクである素性を隠して、おまえに近づいたのではないと、なぜ断言できる？見つけたという長老にしても、偽者だという可能性はないのか？」

わずかに表情を変え、言い返す言葉がないように、ヤーニが口をつぐむ。

それでも唇をなめ、静かに言った。

「俺は、自分の配下を信じている」

「私も同じことだ。シリィは能力もあるし、私とは血のつながった従兄弟でもある。信用できない理由はあるまい？」

「それは……」

言い淀んだヤーニに、セサームは畳みかけるように言った。

「今のおまえの目には、シリィのすべてが怪しく見えるのだろう。……私が、あの子を養子に考えているから」

「そうなのか？」

わずかに身を乗り出し、ヤーニが息をつめて確認してくる。

「考えてはいる。その場合…、おまえとの関係が変わる可能性もあるからな」

ヤーニの表情が瞬時にして強張った。

「本気か…？」

かすれた声がこぼれ落ちる。

「考えているという段階だ」

淡々と言ってから、セサームはいくぶん疲れたようにソファに背中を預けた。

そして気怠げに尋ねる。

「今夜は…、そんな話をするために来たのか？」

「そうだな。必要なことだ」

気持ちがまとまらないように、それでも大きく息を吸いこんでヤーニが答えた。

「だが、あの時の約束も覚えている」

「約束？」

いかにも怪訝そうに聞き返したが、セサームにも覚えはあった。

ヤーニが自ら軍を率いて戦いに向かう前の晩。

「帰ってきたら、好きにさせてくれるのではなかったか？」

どこかからかうような調子で、しかし眼差しの強さと、いくぶん緊張をはらんだ声が、ヤーニのその努力を裏切っていた。

――生きて帰ってきたら、好きにしていい。何度でも、好きなだけ抱けばいい。

本当にそう思っていた。

今も――。

「……忘れたな。あまりにも時間がかかりすぎて」

しかしセサームはわずかに視線を逸らし、素っ気なく答える。

そして片手で前髪をかき上げながら、いくぶん皮肉な笑みを浮かべてみせた。

「もちろんおまえなら、私の身体など力ずくで自由にすることはできるだろうけどね。戦勝記念の一つとして。なにしろ私のために命をかけてくれたわけだし？」

瞬間、ヤーニの表情が凍りついた。

ひどい言葉だった。自分でもわかっている。

わかっていて、傷つけたのだ。

何か憤激を押さえるように、ヤーニがいきなり立ち上がった。

一瞬、殴られるかと思ったが、ヤーニはそのまま背を向けた。

肩で大きく息をつく。握りしめられた拳が小さく震えていた。

「おまえが本気であれば…、俺もおとなしく身を引こう。その代わり、俺が納得できるまで、あの男のことは調べさせてもらう」

やがてじわりと押し出すように、そんな言葉が低くつぶやかれた。

必死に抑えた、しかしきっぱりとした宣言だった。

まるで、宣戦布告のような。

「今日はこれで帰るが…、身のまわりには十分に気をつけてくれ」

押し殺した声が背中越しに聞こえてくる。

そしてその足音も荒く、ヤーニは部屋を出た。

遠く扉の閉まる音が、胸に軋《きし》むように痛かった。

――すまない…、ヤーン。

セサームはそっと、心の中でつぶやく。

気がつくと、膝に落ちた手が小さく震えていた。

6

「それで、どうなんだ？　長老が入れられている牢の場所はわかったのか？」

この夜、事前の打ち合わせ通り、ナナミは再び大宮殿の外へと出ていた。

ハイサムと落ち合ったのはやはり寺院の脇だ。

遠くからは相変わらず、夜の街の喧騒が聞こえている。

「ええ、もちろんですよ。宰相がセサーム様に隠すようなことはありませんし、セサーム様が聞けば必ず、私の耳にも届きます」

はっきりと答えたナナミに、よし、と男がうなずく。

「警備の方はどうだ？　かなり厳しそうか？」

探るような低い声。

「さほどではないようですね。なにしろ、長老の存在は公にはされていませんし。ヘタに厳重にすると不審に思われますから」

「なるほどな…。だが、取り調べを受けているのだろう？」

「それはそうでしょう。そのために連れてきたのでしょうから。軍の人間や、セサーム様もよくご自身で尋問に行かれているようですね」

何気なく言ったナナミの言葉に、うん？　とハイサムが身を乗り出し、いくぶん険しく問いただしてくる。

「セサームが？　何のためにだ？」

「同行しているわけではありませんので、細かいところは私にもわかりませんよ。ただセサーム様はテトワーンで押収した資料をここしばらくずっと調べていますから、その関係でしょうね」

ぞんざいな口調でナナミは答えた。

実際セサームは、わざわざ資料を管理していた帝史編纂庁から官吏を呼んで、いろいろと細かな質問や依頼をしているようだ。

ナナミは、むしろセサームがそちらへかかっている間の司法庁での仕事を補ったり、やはりまだ宰相府の手伝いなどがいそがしく、そこまで追跡できていない。

ハイサムがチッ…、と舌を打った。

「まさか、あの男…」


そして低くうなり、闇の中で何か考えこんだ男に、ナナミは含み笑いで言った。

「あちこちにあるシャルクの隠れ家を知られるのも時間の問題ですよ。残党としては逃げ込む先がなくなってしまうのでは？　ああ、それ以前に踏み込まれて見つかったら終わりですからね。早めに引き払った方がよろしいんじゃないですか？」

「おまえの知ったことではないわ！　そんなことを案じているわけではないっ」

いらだたしげに言い放った男に、ナナミはわずかに眉をよせる。

だとすると、何の問題なのか。

もちろんセサームにテトワーンで押収した資料をすべて細かく分析されると、おそらくシャルクとしては組織が丸裸にされるような形になるのだろう。

歴史から教義から、これまでのあらゆる活動や、移動のルート。各地にある隠れ家はもとより、支援者の素性や、独自の薬や武器の製法。ありとあらゆることが。

もちろん、うれしいはずはない。

セサームとしても、シャルクを根絶やしにするつもりで自ら面倒なその仕事を買って出たわけだろう。

「ずいぶんとセサーム様には煮え湯を飲まされたようですからね」

探るように言ったナナミを、男がじろりとにらみ、鼻を鳴らす。

「煮え湯を飲んだのはヤツの方だ。我らに手を出すということがどんな事態を招くのか、身に沁《し》みてわかっているはずだからな」

男のその言葉に、ナナミも思い出す。

「ああ…。セサーム様の妹を拉致して好きにもてあそんだあげく、見せしめに殺したのはあなたでしたね」

以前に聞いたことがあった。この男自身の口から、だ。

男が満足げににやりと笑う。

「昔の話だ。たわいもない任務だったし、美しい娘だったが、泣き叫ぶばかりでたいして面白《おもしろ》みはなかったな。俺の好みとしては、もっと成熟している方がいい。……そういえば、おまえの従姉妹にもなるわけだな」

じろじろとナナミの顔を眺めて、男が確認する。

「会ったことはありませんけどね」

ナナミはあっさりと肩をすくめた。

「確かにセサームとはよく似ていたな…。俺としてはむしろ、セサームの方を足元にひざまずかせて、思う存分、なぶって泣かせてみたいところだが。……ああ、薬を使ってたっぷりと辱《はずかし》めてから、なぶり殺しにしてやるのもおもしろいだろうな」

男が妄想するように口にしながら喉を鳴らす。

その冷酷で嗜虐《しぎゃく》的な表情に、さすがにナナミもゾクッ…、と背筋に冷たいものを覚えた。

実際に残忍な男なのはわかっていた。

九つで初めて出会った時、ハイサムはまだ幼かったナナミに言ったのだ。

『この世をたやすく生きられると思うな。おまえには手段を選ぶ余地などないことを、身体で覚えるんだ。その手を血で汚してもな』

その時、ナナミは死ぬほど腹を減らしていた。

両親を亡くし、父方の遠縁に引き取られたばかりだったが、ナナミは父の一族にとって恥知らずな厄介者であり、ろくに食べ物を与えられることもなく、ただ働かされていた。

毎日がつらかったが、死にたいと思うには恨みや憎しみが強すぎたのだろう。

養父母や父の一族への、というよりも、むしろ社会全体への。どうして自分だけがこんな目にあわないといけないのか、と。

出会った時、おそらくハイサムはナナミを誘拐するつもりだったのだろう。シャルクがよくやるように、幼い子供をテトワーンに連れ帰り、暗殺者として育てるために。

そして、テトワーンで洗脳するのだ。イタカ派を信奉するピサールがいかに悪であるか、シャルク・アームジーの戦士となることがどれだけ尊いことか。

そしてシャルクの恐怖を身体に覚えこませ、精神《こころ》も身体も支配する。

だがハイサムは、ナナミにはその必要がないことに気づいた。あるいは、名門の家に連なる者だと知ってあえて、だったのかもしれない。

接触を保ったままこの地で成長させ、憎しみを育てた方が、将来利用できると計算したのだろう。

それから時折、ナナミの前に姿を現したハイサムは、ナナミに食べ物を与えてくれた。

だがもちろん、タダで、ではない。

幼い頃は手や口で奉仕させ、暗殺技を教えこんだ。その厳しい「指導」の中で怒鳴られたり、殴られたりもしたが、日常的に養父母から受ける暴力や罵《のの》り、嘲りの言葉よりは遥かにマシだった。

少なくとも食べ物が口に入り、ある種の技能が身につくわけだから。

決してハイサムに懐いていたわけではないが、ある意味、師ではあったのだろう。

ハイサムは、多い時であれば連日ナナミの前に現れたが、来ない時は二、三カ月、ぱったりと姿を見せなかった。任務に入っていた時なのだと、少しあとになると理解した。

その間、与えられるわずかな食事と、生えている草まで食べながら、ナナミは密かに教えられた技を反復練習していた。いずれ、それが自分が生きていくために役に立つのだろう、と思っていた。

もっとも、ハイサムにそう教えられていたからかもしれないが。

それは十歳になったある日のことだった。

この時、ハイサムはしばらく姿を見せておらず、ナナミは空腹が頂点に達していた。

近くの寺院で掃除をしたり、さらに小さい子供たちに文字を教える手伝いをしたりして、小遣いをもらっているのが養父母に知られたのだ。

自分たちの扱いが外にもれ、恥をかかされたと思ったらしい。親に隠れて恥知らずなっ、と罵られ、丸三日、食事を抜かれた。

どんなに苦しくても人様のものに手をつけるような真似はするな、という亡くなった両親の教えはあったが、どうしても我慢できず、ナナミは市場の端で行商の男が売り出していた干し肉に手を出してしまった。

それをあの時――地方に視察に来ていたヤーニ・イブラヒムにあっさりと取り押さえられたのだ。

役人に引き渡されるかと思ったが、やはり子供だったせいか、ナナミは叱られただけでそのまま放免された。

供《とも》の一人もつけず、身軽な男はどことなく胡散臭かったが、それでも中央から来た高級官吏だというのは確かなようだった。

まだ若く、しかし当時「宰相の弟子」という立場にあったヤーニに、いつもは尊大な地方の官吏たちがペコペコと頭を下げているのを、ナナミは遠くからじっと眺めていた。

直接名前などは聞かなかったから、素性が知りたかった。とてもそんなふうには見えず、宰相の弟子、というのは、さすがに驚いたが。

もう一度、あの男には会わなければならない――。

そう思った。借りは返さなければならない。

今のままでは、とても無理だとわかっていたが。

だがその翌年、ナナミはその地方の僧院へ入ることになった。

文字や基本的な算術などは亡くなった両親から教えられており、近くの寺院の導師からの推薦もあったのだ。

もちろんイタカ派の寺院であり、ハイサムたちからすれば異端になるわけだが、正直、ナナミにはどうでもよかった。

僧院に入れば、少なくとも衣食住の保証はある。

そして無事に卒業し、官吏となることができれば、養父母の鼻を明かすこともできる。

もっとも僧院は、入ることは比較的たやすいが、無事に進級し、卒業できるのはごくわずかであり、養父母たちはナナミが最後まで努められるはずはないと高をくくっていたようだが。

ハイサムに知れたらやっかいかな、と少しばかり不安だったが、ハイサムはむしろ、歓迎していた。

『結構なことだ。勉学に励み、官吏になれ。いずれは中央《ラマ・ガハル》へ行けるようにな』

むろん、そうなればナナミの利用価値はますます上がるということだ。

ナナミとしても、当初からそれを目標にしていた。まわりの誰もが、こんな辺境からあり得ない、と笑っていたが。

そしてハイサムとの関係は、僧院に入ってからも続いていた。

ナナミが僧院の外へ出られる時に合わせて姿を見せたり、あるいは僧院の中へ忍びこんで来ることも多かった。

さらなる暗殺技の訓練を受け、小さい頃は口だけの奉仕だったのが、やがて身体も開かれた。

『師授の儀式の時には、男など知らぬふりをすることだな。あまり感じすぎぬことだ』

そんなふうに低く笑って、一からナナミの身体に男を教えこんだ。

もちろん、好きで身体を許したわけではない。

が、脅されて、というわけでもなかった。

『俺との関係が知れたら、おまえの未来はないぞ』

そんな脅しの言葉は何度か口にされたが、実際のところ、その必要はなかった。

目的は違えど、向かう場所は同じだったから。

この男がナナミを利用するつもりならば、ナナミもこの男を利用するだけだ。

そしてようやく、その時が来た、というわけだ。

この男と出会ってから、十六年。シャルクもずいぶんと気が長い、と笑ってしまうが。

「せっかくラマ・ガハルへ潜入するのならば、ついでにセサームに挨拶してくるのもよいかもしれん。死の挨拶をな」

ハイサムが顎を撫でながら、にやにやと言った。

「おまえが宰相を殺すのなら、俺がセサームを殺《や》る。二人同時に葬《ほうむ》ってやれば、ピサールの受ける衝撃と痛手は計り知れないだろうからな」

そんな計画に、ナナミは鼻を鳴らした。

「そんな余裕があるんですか？　長老を大宮殿《ラマ・ガハル》から外へこっそりと連れ出すのでさえ、大仕事でしょう。宰相が暗殺されたことが発覚すれば、その時点ですべての門は封鎖されるでしょうし。さすがのあなたでも、見つかったら一巻の終わりですからね」

「まぁ…、そうだな」

ナナミの冷静な指摘に、男が軽く肩をすくめる。

「あなたが長老を連れ出している間、私がヤーニ・イブラヒムをおびき出して仕留めます。今回はそれで十分でしょう。欲はかかないことですよ。今の私の立場なら、セサーム様を手にかける機会はいくらでもあるのですから」

「……いいだろう。で、いつ？　長老が調べを受けているのならば、長くは待てんぞ」

男がわずかに身を乗り出して、鋭い眼差しを突きつけてくる。

「近々、宰相が今回遠征した兵士たちの慰労を兼ねた祝勝会を盛大に催すようです。その時が狙い目でしょう。多くの兵が一カ所に集まるわけですから、警備も手薄になりますし、動きも読みやすい。しかも酒が振る舞われていれば、何かあったとしても兵士たちの動きは鈍いでしょう」

淀みなく答えたナナミに、男が大きくうなずいた。

「よし。ならば、通行証と警備兵の軍服を用意してもらおうか。長老のいる場所はわかっているな？」

「ええ。それは確認してあります」

「よかろう。……ふっ、俺の手でヤーニを殺せんのは残念だがな」

低く言った男に、ナナミはじっとにらむように男の目を見た。

「私も、これだけは譲れませんからね」

「好きにしろ。その代わり、間違いなくやれ。失敗は許されんぞ」

低く、念を押したハイサムに、ナナミは静かに微笑む。


「もちろんですよ。そのために、私はここまで来たのですから。剣の腕であの男に立ち向かえるとは思いませんが、毒を塗っておけば傷をつけるだけでいい。そのくらいの距離はとれますからね。……あなたにもらった毒に問題さえなければ」

「まあ、万が一、失敗すれば、おまえもその場で死ぬことになるわけだからな」

ふん、と鼻を鳴らし、次に――最後に会う日付を告げて、ハイサムが姿を消す。

さすがに緊張が解けて、ホッ…とナナミは息をついた。

ようやく、遠くからにぎやかな呼び込みや酔っ払いの声が耳に届き始める。

祝勝会の日。あと数日。

その日で決着がつく。

ぶるっ…と、寒くもないのに全身が震える。

じわり、と熱いものが身体の奥からこみ上げてくる。

十年以上もの年月を待ち、準備をして、ようやくその日が来たのだ。

無意識に一度天を仰いでから、ナナミはゆっくりと大宮殿《ラマ・ガハル》への道を帰り始めた。


夜の街を歩くそのナナミの背中を、遠くから追いかける影が一つ、二つ。

大宮殿を出た時からずっと、ひっそりとついていたその影に、しかしナナミが気づくことはなかった――。

◇　◇

「……あ、これは失礼いたしました」

その翌日。

朝のうちにセサームの執務室に立ちよったナナミは、先客がいたのにあわてて頭を下げた。

このところ、この部屋では少しばかり顔馴染みになりつつある、帝史編纂庁の二人だ。

イマードとカウィ、と紹介されていただろうか。

「ああ、シリィ。かまわないよ。宰相府へ持っていく書類だろう？　できているよ」

「あ…、はい。申し訳ございません」

奥の机の向こうからセサームに微笑んで言われ、ナナミはそちらに近づいた。

「おはようございます」

「お疲れ様です」

何気なく挨拶を交わしながら、ちらっと二人が目配せしたような気がした。

何だろう、と思ったが、……まあ、自分の悪い噂が耳に届いているのかもしれない。

しかし二人は表情には出さず、イマードの方だろうか、人懐っこい様子で言葉を続ける。

「ナナミさんもお疲れ様です。こちらの司法庁でのお仕事だけでも激務だと思いますが、宰相府の仕事もずいぶんと任されておいでとか」

ナナミよりも二つ、三つ年上だと聞いていたが、そうは見えない童顔で、いかにも好青年の印象だ。とても「諜報部」のような、人の裏を探る仕事についている人間とは思えないが、確かに相手にしていて自然と口は軽くなる。

あの部署の特徴なのだろう。

同様に、カウィの方は人に安心感を与えるような落ち着きが感じられ、それはそれでいろいろな相談なりしてしまう人間が多そうだ。

「それはお二人も同じでしょう。こうしてセサーム様のところで、連日使われておいでては」

「シリィ」

軽口のように言ったナナミに、セサームがクスクスと笑いながら、ちらりとにらんでくる。

それにナナミは軽く頭を下げた。

「玉突きで、順に部署をスライドしているようですね」

「そうやって、優秀な人材が適所にまわっていくのだよ」

ハハハ、とカウィが冗談のように笑ったのに、セサームが引き取るようにして言った。

「その中で、各部署の長が自分のところに欲しいと思えば、引き抜かれる場合も多い」

なるほど…、とカウィがうなずく。

「では、これは好機というわけですね？　憧れのセサーム様のもとへ呼んでいただけるのでしたら、私にとってこれほど幸せなことはございません」

本気か軽口の類か、いくぶん大げさな調子でイマードが声を上げる。

「帝史編纂庁は単調な事務作業が多うございますしね。何より、恐い鬼の目も光っておりますし」

帝史編纂庁がそれほど単調な部署でないことは、ここにいるすべての人間が知っているわけだが、とりあえず、表向きは地味な作業ということになっている。まあ、書き物が多いことは確かだろう。

「おやおや…、そんな発言がガリド様の耳に入ったら、それこそ恐ろしいことになるんじゃないかな。地獄耳だと聞くよ？」

「あっ、そうでした！　どうか先ほどの言葉は聞かなかったことに」

笑って言ったセサームに、イマードがあわてて左右を見まわしてみせる。

軽やかな笑い声が部屋を満たした。

和やかな空気だ。宰相府の殺気だった執務室とは雲泥の差と言える。

「それで、資料の分析は進んでいらっしゃるのですか？」

ひとしきり笑いが落ち着いたところで、さりげなくナナミは尋ねた。

「ああ…、二人が手伝ってくれるおかげで、ずいぶんとね。優先順位がついたよ。長老をいつまで生かしておけるかわからないから、聞くべきことはさっさと聞いておかないと」

なるほど、ハイサムもあせるはずだ、と思う。

「セサーム様はもう何度か、尋問していらっしゃるのですよね。……口を割りそうなのですか？」

カウィがわずかに首をひねって尋ねている。

「自白剤を使うまでもなく、意外とよくしゃべってくれるよ。拷問の脅しに震え上がっているし、情けない命乞いも多い」

机の上で指を組みながら言ったセサームの表情には、明らかに侮蔑《ぶべつ》が浮かんでいる。

「シャルクの長老として立った者が、どのような恩赦があろうと生き長らえられるはずもないが」

実の妹を殺されたセサームなら、当然の感情だろう。できることなら、自分の手で処刑したいくらいの。

とはいえ、死が安息になる場合もある。

「生き長らえる方が苦痛な場合もあるのではありませんか？」

知らず、ナナミの口からそんな言葉がこぼれ落ちる。

わずかに瞬きして、セサームが微笑んだ。

「そうだね。殉教できる方が幸せな場合もある。ともあれ、長老には知っていることは洗いざらいしゃべってもらうけどね」

冷然と言ってから、思い出したように広い机の片端におかれていた書類の束を手にとる。

「……これだよ。宰相府にまわしておいてくれ。ヤーンはずいぶんといそがしくしているのだろう？」

何気ないように聞かれて、はい、とナナミはうなずいた。

これまでの慣例から外れ、ここしばらくヤーニがセサームのもとを訪れていないことは知っていた。

仕事のせいというよりは、おそらく、ナナミの存在のせいで、だ。

だが、そんな状態が長く続くはずはない。いずれ、宰相の方から何か仕掛けてくる。

ケリをつけるために。

その確信はあった。

「ものすごい勢いで仕事を片付けていらっしゃいますよ。目を見張るばかりですね」

さすがだな…、と、それには本当に素直に感心してしまう。集中力が違うのだ。そして人の使い方もうまい。

「おまえもずいぶんとこき使われているようだね。ほとんどあちらの人間のようだよ」

セサームが苦笑する。

「まあ、司法庁の方は少し余裕があるし、私も今はこちらの…、シャルクの資料調べにかかっているから、おまえを貸し出しても問題はないのだけどね」

穏やかな微笑みで見つめられ、しかしわずかに、ナナミの身体に緊張が走る。

「いえ…、大丈夫です。それでは、これで失礼いたします」

無意識に視線を落とし、ナナミはいくぶん早口に言うと、セサームから書類を受けとって部屋を出た。

外へ出て、ホッと息をつく。

信頼を得ているからといって、セサームの前で息を抜けるわけではない。

結局のところ、今のナナミにこの大宮殿の中で安らげる場所はないのだから。

自分の気持ちを励まし、ナナミは宰相府へと足を急がせた。

内宮での勤務に移って三カ月以上がたち、ナナミもようやくこの広大な敷地、建物の位置関係に慣れ始めていた。

とりわけ、セサームの私室や司法庁の執務室のある棟と、そこから宰相府のある中央の館、そしてその間の道順である。

日に何度も行き来することがあり、主要な回廊だけでなく、このところはちょっとした抜け道なども覚えて、利用するようになっていた。

長い遠征から帰還したヤーニが、本格的に宰相としての仕事に復帰して数日。

今までとは比べものにならないほどの能率で、仕事は片づいているようだった。

かといって、ナナミにまわってくる仕事が減ったわけではない。むしろ、増えているくらいだった。

もちろんそれはナナミだけでなく、宰相府の官吏たち全員に言えることなのだろうが。

もともとナナミは、セサームの指示で宰相府の仕事を手伝っていたのだが、ヤーニが帰還したあとも、引き続いてそちらに関わることが多かった。

それはどうやら、ヤーニからの指名でもあるようだ。

意地悪く――と言っていいのか、かなり扱いやとりまとめが難しい類《たぐい》の仕事が山のようにまわってきていて、関係各所をまわっての確認や調整だけで時間がとられ、実際、セサームのもとには、さっきのように書類を回収に立ちよるくらいしか余裕がない。

おそらくヤーニにしてみれば、できるだけたくさんの仕事をナナミにまわし、なるべくセサームと一緒にいる時間を少なくしようという策略なのかもしれなかった。

帝国の英雄であり、大宰相ともあろう男がずいぶんとせこく、子供っぽく、わかりやすいな、と笑わせてくれるが。

つまりナナミの、宰相府での仕事が増えたのは、ヤーニの、ある意味きわめて私的な理由だったわけだが、もともとヤーニの膝元にいた官吏たちにとってはひどく目障りだったのだろう。

それだけ仕事上での関わりもでき、嫌々ながらでもナナミの指示で動かなければならないところも出てくる。

やはりまだ胡散臭そうな、いらだった視線を向けられることは多かったが、それでもヤーニから直接指示されている仕事のためか、あからさまな嫌がらせを受けることはなく、スムーズに流れる分、意思の疎通もはかれるようになっていた。

セサームから預かった書類を宰相府で処理したナナミは、また新しい仕事を受けとって、内宮の中をあちこちと足早に移動する。

ほんの手伝い、という以上に、今の仕事は増えていたわけだが、ヤーニや宰相府の官吏たちに、仕事が遅い、などとは言わせたくない。

正式な席は司法庁にあるのだが、そこで落ち着いて仕事を進める時間もなく、各庁へ行き来する合間に、中庭で腰を下ろして仕事の整理をするのがこのところのナナミの習慣だった。

大宮殿の中には見事に手入れされた広大な庭もあるが、建物と建物の間にちょっとした中庭も数多く点在している。

建物の死角に入るような、ほとんど人の来ない中庭も多く、ナナミはいくつか見つけたそんな場所を、合間の仕事場にしていた。

小さなベンチが置かれているところもあるし、なければ地面の草の上にすわっても心地よい。

植えられている草花のかすかな匂いや、たまに羽を休めに来る小鳥のさえずりに心が和み、何より一人の時間は、やはりほっと息がつけた。

しかしこの日、ふいにその静寂が破られたのだ。

ナナミが立ちよったのは、実が色づき始めたオレンジの木が一本と、その手前にベンチがあるだけの小さな中庭だった。

宰相府への帰り道だが、メインの回廊ではなく、少し外れた迂回路《うかいろ》の一つに面した庭で、人通りはほとんどない。

その静けさは頭をすっきりとさせてくれる。

没頭していたせいだろう。膝の上に置いた書類を読みこんでいたナナミは、まわりを取り囲まれてようやくその気配に気づいた。

ハッ…と顔を上げると、男が三人、いつの間にかベンチを半円に囲むように立っている。

いずれも、顔は知っていた。ヤーニのもとにいる官吏たちだ。

ナナミとはとても折り合いがいいとは言えない相手ばかりで、たまたま見かけたのか、わざわざつけて来たのか。


「へえ…、こんなところで仕事とは、相変わらずいそがしくしているようじゃないか」

中の一人、サヘルがにやにやといびつな笑みを浮かべてナナミを見下ろしてくる。

「ええ、おかげさまで。あなたたちはずいぶんとお暇なようですね」

ナナミはわずかに眉をよせたが、それでもまっすぐに視線を上げ、冷ややかに返した。

三人とも両手は空で、何か仕事や使いの途中にも見えない。もっとも時間は、ちょうど昼休憩《きゅうけい》のさなかだろうか。

辛辣な皮肉に、とたんに男が頬を引きつらせ、ふん、と鼻を鳴らす。

「まったく、おまえ、何様だ？　自分ばっかりいそがしいふりをしやがってよ…っ。そんなに点数を稼ぎたいのかよっ！」

「ま、いいだろ。お嬢ちゃんはよっぽど仕事が好きなようだしな。ヤーニ様にもセサーム様にも媚《こび》売っとかなきゃ、あっさり田舎に帰されちまうんだろうし？」

別の男がいらだたしげに吐き出したのに、もう一人がなだめる調子であざ笑う。

程度の低い侮蔑に、ナナミはあからさまなため息をついた。

「あなた方の方が私よりも長く宰相様のもとにいるわけですから、普通にやれば私程度の仕事はできるはずでしょう。それがこなせていないのは、やはり今の立場に驕ってさぼり癖がついたか、もともと無能だったか、でしょうか？　雁首《がんくび》そろえて人に嫌みを言いに来るヒマがあったら、その時間を仕事に向けてみてはいかがですか。仕事が遅いなら遅いで、丁寧な仕事を心がけられるのも一つのやり方だとは思いますが」

「きさま…、言わせておけば…っ！」

とんとん、と手元で書類を整えながら、表情一つ変えないまま、容赦なく言い放ったナナミに、男が頭上で唾を飛び散らせる。

「てめぇのその口の利き方が人をなめてんだよっ」

詰めよってきたサヘルが、いきなりベンチに腰を下ろしていたナナミの髪をつかみ上げた。

「――つっ…！」

上体がなかばのけぞるようにねじられ、膝の書類が地面に飛び散る。

「俺はおまえより何年も先輩なんだぜ？　その先輩に対する礼儀があるだろうがっ？　ええっ？」

その苦痛にゆがんだ顔の上で、サヘルがわめく。

「尊敬に……、値する先輩でしたらね……」

屈することなく低く返したナナミの身体を、サヘルが力ずくで引き立たせ、そのまま思いきり地面へ突き放した。

「おいっ、こいつに先輩に対する礼儀を教えてやろうぜ」

そして受け身もとれず、地面へ転がったナナミの身体を、そのままベンチの後ろの大きく茂ったオレンジの木の裏側に引きずり込んだ。

「何をする気ですか…っ!? ——つぅ…っ」

反射的に声を上げたナナミの脇腹が左右から蹴り上げられ、顔が張り飛ばされる。

「……おっと、顔はやめとけ。バレるとやばい」

気がついたようにサヘルがいくぶんかすれた声で注意し、仰向《あおむ》けに倒したナナミの腰に馬乗りになった。

とっさに突き放そうとした両手が、別の男に頭上で無防備に広げた形で押さえこまれる。

と同時に、耳に届いた布が引き裂かれる鋭い音に、思わず身がすくんだ。

スッ…、と胸のあたりを冷たい空気が撫でていくのがわかる。

「こりゃ、見事に白い肌だな…」

サヘルが感心したようにつぶやいた。手を伸ばし、そっと確認するようにナナミの胸をなぞる。

「やめろ…! ——ん…っ、あぁ…っ」

指先で小さな乳首が押し潰されて、ナナミは思わず上体をのけぞらせた。ザッ…、と全身に鳥肌が立つ。

「口、何かでふさいどけよ…。悲鳴でも上げられたらやっかいだ」

横で立っていた男がそんなナナミを好色そうに見下ろし、必死に興奮を抑えるようにかすれた声を押し出す。

「……あぁ？　おまえの自慢のブツをしゃぶらせてやったらいいんじゃねぇのか？　好きそうな顔をしてるもんなァ…？　どうせ、あっちこっちでケツを差し出してここまで来たんだ。俺たちのも悦んでくわえてくれるだろうぜ」

にやっと片頬で笑って、サヘルが言った。

「食いちぎられねぇかな…」

不安そうに言いながらも、男がもぞもぞと下肢《かし》をくつろげ始める。

「ほんとにいいのかよ…？　こいつ、セサーム様の弟子だろ…？」

両手を押さえこんでいる男がいくぶん怖《お》じ気づいたように、きょろきょろと二人を見比べて口にした。

「まだ正式にはなっちゃいないはずだ。だが、もう手がついてるんならよけい、言えやしねぇよ。光栄にもセサーム様の情けを受けておきながら、他の男に尻を振りました、なんてな」

サヘルが下卑た笑いをもらす。

「そうだよな…。こいつのケツの味を確かめてみたいしな」

ナナミの顔を真上から見下ろした男が、無意識のように唇を舌で湿す。

「あの方を満足させてんなら、さぞかし締まりもいいんだろうぜ」

「この先、おとなしく俺たちの言うことを聞けるように躾《しつ》けてやるよ…！」

サヘルが自分の服の裾《すそ》をたくし上げ、下肢を露わにした。

横の男が、すでに剝《む》き出しにしたモノをいやらしくナナミの頬に押し当ててくる。ぬるぬるとにじませた先走りを、ナナミの頬にこすりつける。

ナナミは唇を噛み、きつく目を閉じた。

こんな時、暗殺技など何の役にも立たないな…、と内心でちょっと笑いたくなる。

さすがに見つかった時の言い訳に困るので、ふだん内宮で短剣などを持ち歩いているわけではない。体術も少しは習ったが、さすがに三人の、自分よりもずっと体格のいい男を相手にすることは不可能だった。

そもそも暗殺技は、標的の隙を突いて、一撃で仕留める技術である。数人を一度に相手にするわけではない。

あきらめて、ナナミは力を抜いた。無駄な抵抗をするつもりはなかった。

しょせん…、カラダだ。

実際のところ、セサームに抱かれたことはなかった。だが、十三、四の頃からさんざんハイサムにはもてあそばれてきたのだ。今さらだった。


「ほら…、いい子にしてろよ。楽しませてやるからな…」

下劣な欲情に目を潤ませ、低く言いながら、サヘルがナナミの足を強引に開かせる。

――その時だった。

ぐぇっ…！ といきなり押し潰されたような声が目の前で弾けたかと思うと、どさっと何かが倒れるような音とともに、ふいに身体にのしかかっていた重みが消えていた。

えっ？ と思わず目を開くと、サヘルの身体が横倒しになるように、地面に転がっている。

何が起こったのか、わからなかった。

ただサヘルが吹っ飛ばされた地面の横に、トン…トン…と転がり落ちた、まだ少しばかり硬そうなオレンジの実をぼんやりと見つめる。

……オレンジ？

「何をしている？」

そして、馴染みのない低い声が耳に届いた。

「……え？　あっ……」

状況がわからなかったのは、残りの二人も同様だったらしい。

間の抜けた顔をさらしたあと、あせったようにナナミから身体を離し、ハッとその声の方を振り返った。

立っていた男は――イクスだった。

ヤーニが連れていた男だ、というくらいしか、ナナミとしては認識がなかったが。

「な…、なんだ、きさま…ッ!?」

なんとか起き上がったサヘルが、片手で頬を押さえていきり立つ。

どうやらオレンジを、思いきり顔にぶつけられたようだ。

「お…おまえは……」

そしてようやくイクスを認識して、大きく目を見張った。

さすがにヤーニの警護役だということは記憶していたらしい。そうでなくとも、軍人とまともにやり合うほどバカではないということだ。

とたんに顔色をなくし、あたふたと視線を漂わせた。

「何をしているんだ？」

状況はあからさまだったが、感情もなく、ただ淡淡と聞かれて、男たちには答えようもない。

「べ…別に……何も……」

この状況で、言い訳にもならない言葉を口の中でもごもごとつぶやき、あせったように情けなく垂れ下がったモノをしまうと、バタバタと逃げるように走り去ってしまった。

イクスはその後ろ姿をじっと見送っただけであとは追わず、ナナミもようやく深い息をついた。

前髪をかき上げ、ひどい自分の格好にようやく気づいて、急いで前をかき合わせる。

「どうしてこんなところにいるんです？」

そして身を起こしながら、冷ややかに尋ねた。

助けてもらっておきながら、だったが、正直、よけいなお世話だったとも言える。

「あなたはヤーニ様の警護ではないのですか？　ヤーニ様がいらっしゃるところにいるはずでは？」

とってつけたようなナナミの問いには答えず、イクスがおもむろに着ていたコートを脱いでナナミの肩から羽織らせた。

「結構ですよ」

「その格好で内宮を歩くつもりか？　何をされたか、喧伝《けんでん》してまわるようなものだが」

眉をよせ、突き返そうとしたが、イクスに淡々と指摘され、思わず舌打ちした。

確かに、ひどい有り様ではある。

「……お借りします」

無意識に視線を逸らし、不承不承、それだけを口にする。

「閣下より、まずはラマ・ガハルの中を覚えろと言われている。今はそれぞれの場所や道筋を頭に入れているところだ」

そんなナナミの態度も気にした様子はなく、男がさっきの問いに答えてきた。

なるほど、とは思うが、それだけでもないのだろう。おそらく、自分を見張るように、と宰相に命じられていたのだろう、と察しはつく。執務に就いている時が多いので、四六時中ではないにしても。

ナナミは男の前に立ち、まっすぐに見上げて言った。

「このことは、ヤーニ様には黙っていてください」

それにイクスがわずかに目をすがめる。

「……そういうわけにはいかんな。俺の役目は目にしたすべてを報告することだ」

「融通の利かないバカですね……！」

顔をしかめ、ナナミは思わず言い捨てる。

「この程度のこと、いちいち報告する必要もないでしょう？　侍女が皿を割った程度のことですよ。それに、連中はヤーニ様の直属の者たちです。ヤーニ様にとっても名誉なことではありません。しょせん、ただの脅しですし」

吐き出すように言ったナナミに、イクスが静かに口にする。

「自分に不都合な報告に耳をふさぐ方ではないと思うが？」

冷静に指摘され、ナナミは思わず息を吸いこんだ。

……確かにその通りだが。

「黙っていなければ、あなたに襲われたのだと言いますよ？」

そんな脅しの言葉とともに、じっとナナミは男をにらみ上げた。

ナナミの意図を探るように、男が静かに見つめ返してくる。

感情が見えず、……いや、もとより駆け引きなどするつもりはないのだろう。

そんなことをする意味がわからないのかもしれない。

苦手なタイプだった。自分の信念があり、ブレることのない男だ。脅しも懐柔《かいじゅう》も通じない。腹を読んで、裏をかくようなこともできない。

自分がしないのと同様、相手にも求めない。

取り引きができないのだ。

まったく、融通のきかないバカ、というナナミの印象通りに。

それでも、男は静かに言った。

「自分たちのしたことを、あの連中が自分の口から告げるかどうかは別にしても、俺がヤーニ閣下に報告するだろうとは、当然、考えるはずだ。ならば、発覚して処罰される前に、逃げ出す可能性もあるだろう」

「それならそれでかまいません。あるいは、今の地位は捨てるには惜しいでしょうから、先に私にあやまってくるかもしれませんが」

「許すつもりなのか？」

やはり感情は交えず、ただ確認するような問いに、ナナミはあっさりと肩をすくめた。

「騒ぎを起こしたいわけではありませんからね。連中のことは放っておいてもらってかまいません」

どうでもいいように言いながら、ナナミは屈んで地面に散らばった書類を集めていった。

気がついたように、イクスも手伝ってくれる。

「ありがとうございます」

集めた束を手渡され、さすがに淡々と礼を返した。

そして、ふと思い出す。

「そういえば…、あなたはセサーム様が長老へ尋問する時、同行されているのでしたね？」

セサームからそう聞いていた。

相手は牢の中とはいえ、必ず警護をつけろ、とヤーニから厳命されており、イクスを連れて行くように言われている、と。

「そうだ」

とだけ、イクスが答える。

「セサーム様はどのようなことを長老にお尋ねなの

ですか？」

何気ない様子で尋ねた問いに、イクスは抑揚《よくよう》もなく返してきた。

「俺が答えるべきことではないと思うが？」

ナナミは思わずため息をつく。

ダメだ、とあきらめた。この男に何か聞いても無駄だろう。

話せ、と言われたことは過不足なく口にしても、それ以外のことはきっちりと口を閉じておける男だ。

……良くも悪くも。

まあ、ヤーニにとっては、口が硬く、側においても安心とは言える。

「必要ならば、おまえ自身がセサーム様に問えばいい」

さらりと続けられ、ナナミも強いて笑みを作り、うなずいた。

「ええ。もちろんそうしますよ。ただ、セサーム様をわずらわせる手間を省いてもいいかと思っただけですから」

そして書類を整えて、革のケースに入れると、丁重に一礼した。

「お世話をかけました。……こちらのコート、少しお借りします」

それだけ口にすると、男に背を向けて歩き出す。

イスハーク・アル・アイン――、だったか。

相当に剣は使うのだろうから、その時には、ヤーニから引き離しておく必要がある。

行動が読めないわけではないが、あれはあれで、やっかいそうな男だった。

7

「恋する男のヒステリックなカンも、案外バカにできないわねぇ…」

感心されたのか、バカにされたのか、よくわからないまま、ヤーニはむっつりとかつての師の話を聞いていた。

ガリドの私室である。

執務室は他の官吏たちの出入りもあり、今回はいつも以上に極秘を要することでもあり、こちらへと場を移したのだ。

なにしろ、山の長老を捕らえたこと自体、ガリドの配下でも知っているのは、直接アリア＝タリクで役目に就いていた、イマードとカウィの二人だけだし、さらにことがセサームに関わる内容であれば、できるだけ内々に処理したいところだ。

何と言っても、ナナミはセサームの親族なのである。何かあって判断をあやまれば、セサームの名誉にも関わる。

ふだん、大きな問題が起こった時には、必ずセサームに相談していただけに、ヤーニとしてはこんな状況は妙に居心地が悪い。

「では…、ナナミがシャルクだというのは間違いないというのだな？」

ゆったりとくつろいだ様子で、装飾的なソファに身体を伸ばしていたガリドとは対照的に、ヤーニは落ち着かなくあたりを歩きまわりながら、ガリドの配下である二人に確認した。

呼ばれていたイマードとカウィの二人が、戸口から入った少しばかり離れたところで立ったまま、おたがいに一瞬、顔を見合わし、そしてイマードが口を開く。

「はい。長官のご命令通り、外へ出たナナミのあとをつけておりましたら、何者かと接触しておりました。間違いなく、相手はシャルクかと。距離があり、顔は見えませんでしたが、あの気配の消し方や身のこなしは普通の人間ではありません」

笑っている時には本当に子供のような童顔が、さすがに少しばかり緊張した面持ちだ。

「ただナナミ自身はシャルクというよりは、内通者か協力者と言った方がいいのではないでしょうか？　シャルクの戦士であれば、我々の尾行に気づかないとも思えませんし」

付け加えたカウィも、いつもの穏やかな表情にいくぶん厳しい色を交えている。

「そうね。ナナミの経歴に穴はないわ。テトワーンで訓練を受けたようなことはないでしょう」

ガリドがその意見にうなずく。

「洗脳されたわけではなく、ただシャルクに内通しているというのは…、やはりセサームに対する恨みがあるということか」

ヤーニはそっとつぶやくように口にした。

「あるとすれば、セサーム閣下にというより、ザイヤーン家に対してでしょうけどね」

ガリドが肩をすくめた。

そうだろうな…、とヤーニも内心でうめく。

そしてその中には当然、セサームも入っているわけだ。

父親もまだ存命しており、セサームがザイヤーン家の当主というわけではないが、やはり一族の中での象徴であり、誉れであるには違いない。それを失墜させることができれば、ザイヤーンの家名も十分に汚せる。

「だがこれだけセサームの近くにいて、いまだに命を狙う様子がないというのは、やはり……」

ヤーニはわずかに眉をよせた。

「長老の奪還でしょうか？」

難しい顔で、イマードが口にする。

「まぁ、連中とすれば、是が非にもとりもどしたいでしょうけどね」

ガリドが長い髪をかき上げながらうなずく。

「とすれば、狙いはまず、祝勝会の日だろうな。兵士たちが一堂に中庭に集まれば、それだけ大宮殿内を巡回する数は減る」

ヤーニは短くため息をついた。

マンスールが準備を進めているが、予定はもう数日後に迫っていた。

「兵たちも浮かれていれば、それだけ警備に隙も出るでしょうし。今の時期にナナミがよく外出しているのも、その打ち合わせでしょうね」

そう指摘したガリドは、手回しよく、ここひと月ほどでナナミが大宮殿から外へ出た回数を、城門の警備に問い合わせていたらしい。

血気盛んな兵士たちならまだしも、中で生活のすべてがまかなえるため、中央の官吏たちが頻繁《ひんぱん》に外出することは少なかった。

「申し訳ございません。相手の男のあとを追えれば隠れ家も突き止められたかもしれませんが、すぐに闇の中に消えてしまいまして」

カウィが面目なさげにあやまる。

「いや。深追いは危うい。こちらが気づいていることは知られない方が都合がよかろうしな」

そう答えてから、ヤーニは口の中で小さくつぶやいた。

「手を打たねばならんということだな…」

情報を上げるのが「諜報部」で、ここから先は軍と警備の範疇《はんちゅう》だ。ヤーニに責任がある。

「ま、来ることがわかっているのなら、ある意味、楽でしょう。手練れのシャルクの残党を一人、捕らえられるわけだしね」

「そうだな」

にっこりとたやすく言ったガリドの言葉に、ヤーニはうなずいたが、長老の存在自体が極秘である以上、それに関わらせられる兵も限られてくる。少数精鋭で当たらせるしかない。

ちらっと扉の側に立っていたイクスに視線をやり、――一瞬、セサームに指摘されたことが脳裏をよぎる。

イクスがシャルクでないと、なぜ言えるのか、と。

そう言われると、反論することは難しかった。初めて顔を合わせてから、まだ数カ月でしかない。この男の経歴のすべてを確認しているわけでもない。

だがヤーニは、自分を信じるしかなかった。今までもそうしてきたのだ。

頭の中で、イクスの他にあと数人、人員を絞《しぼ》る。

直前には念のため、長老の居場所はナナミ…、とセサームにも秘密のうちに、移した方がいいだろう。

そして長老がいると思わせた牢で、罠《わな》を張る。

「……それはそうと、セサームがこのところよくおまえたちを執務室に呼んでいるようだな」

思い出して、ヤーニは二人に尋ねた。

「ああ…、はい。セサーム様がテトワーンでの資料を調べていらっしゃいますので、そのお手伝いに。イクス＝ハリム近辺の地形や、周辺部族などのご質問が多いですが」

少しばかり表情をほころばせたイマードの言葉に、カウィが続ける。

「いやもう、セサーム様は本当にものすごい知識をお持ちで、こちらが勉強になるくらいですよ。ご質問は多岐にわたって、的確で、また深いところをついてこられますしね」

「あせって、編纂庁にある過去の資料を読みこんでしまいましたよ」

そんな感嘆の声に、ヤーニは苦笑した。

「知識はな。だがセサームはおまえたちと違って、自分自身で見聞きしていないことが歯がゆいのだよ。立場上、仕方のないこととはいえ。だから帝国中を自分の足で歩いて、体験したおまえたちの話を聞きたいのだろう」

「まぁ、さすがによくお気持ちを理解しておいでだこと」

背中でガリドが冷やかすようにクスリ、と笑う。

「押収した資料が、どのあたりにどのように保管されていたかというのも、ずいぶん気にされているようですしね。それで重要度や、使用の頻度、古さなどがわかるそうで」

続けたカウィの言葉に、なるほどな、とヤーニはうなずく。

細かいチェックをもらさないセサームらしい。

それならば、実際にテトワーンで資料の押収に立ち合ったこの二人が適任なのだろう。

ヤーニはふっと、戸口に立つイクスに視線を向けた。

「イクス、おまえは何度かセサームが長老に尋問するのに立ち合ったのだったな？」

セサームがヤーニの許可を得て、だったが、その際には、必ずイクスをつけていた。

目立つと困るという問題もあり、大人数で警護させるわけにもいかない。生え抜きの数人を、牢や建物の周辺に配置したり、あるいは近くの手頃な建物に長老を移して、そこで尋問させたりしていた。

イクス自身は、その内容にさほど興味はないだろうが、聞いてはいたはずだ。

ヤーニが直接セサームに聞けないこともないのだろうが、さすがにナナミのことでこのところ顔が合わせづらく、まともに会っていなかった。

夜も、だ。

ナナミのことがはっきりとするまでは、と思っていた。

……それもたった今、確定したわけだが。

「セサームは何を聞いているんだ？」

はい、と相変わらず感情も見せずにうなずいた男に、ヤーニはわずかに眉をよせて尋ねた。

もっとも、ヤーニが聞いてわかることかどうかもわからないが。シャルクの歴史や教義についてのあれこれだと、本当にお手上げだ。


「いろんな分野についてのようですが…」

それはイクスも同様なのか、わずかに眉間に皺がよる。

「私に理解できる範囲ですと、シャルクに仕事を依頼した人間の確認とか、……基本的に身分を隠して暗殺の依頼をするようですが、シャルクの方でわかっている場合は記録に残しているようです。あとは薬の製法とか…、ただこちらは長老の専門分野ではなく、ほとんど答えられないようでしたが」

「使えないわねっ」

わずかに身を乗り出して聞いていたガリドが、ヤーニの背中で毒を吐く。

「あるいは、シャルクの隠し資産についてをお尋ねだったようですね」

「隠し資産？」

その言葉に、ヤーニは思わず眉をよせたが、あぁ…、とガリドが後ろでつぶやいた。

「そうね。シャルクくらいの組織なら、活動資金が相当に必要だったでしょうし」

うむ…、とヤーニもうなずいた。

「そういえば、前長老はかなり金集めに動いていたようにも聞いたな」

「テトワーンみたいな山の中においても仕方がないし、使いやすいように、街中のどこかに秘匿《ひとく》しているんでしょうね。帝国内か、他の国のどこかはわからないけど。……なるほどね。さすがにセサーム様は抜け目がないわぁ」

ガリドが感心したようにうめく。

しかしその口調に少しばかりトゲを感じて、ヤーニはしっかりと言い直した。

「そんなものがあれば、残党に利用される前に押収する必要があるからな。……それで、長老はしゃべったのか？」

ヤーニは重ねてイクスに尋ねる。

「はい。命を助けてくれるのであれば、詳細をしゃべってもよいと。もっとも長老自身は山から下りたことがなかったようですから、実際にその場所にあるかどうかはこれから確認が必要なようでしたが」

「命乞《ご》いか…。シャルクの長老ともあろう者が、ずいぶんと情けないな」

ヤーニは思わず顔をしかめる。

「しょせん、長老も人の子というわけね」

ガリドも肩をすくめた。

「それで、セサーム閣下は本当に長老の命を助けてあげるのかしら？」

「それはないでしょう」

いかにも皮肉な口調で聞いたガリドに、ヤーニはあっさりと答えた。

シャルクに対するセサームの憎しみを思えば、それはあり得なかった。口約束だけだ。

高潔とは言えまいが、シャルクを相手にその程度のことは平気でやるだろう。

「あら、恐い」

ガリドがわざとらしく震えてみせる。

「もういいわ。ご苦労様」

そして顔を上げて、配下の二人を下がらせた。

失礼いたします、と二人が消えたあと、難しい顔のヤーニをどこか楽しげに見上げ、ガリドが尋ねてくる。

「それで、どうするの？　この結果をセサーム様に突きつけてみるのかしら？　それとも、祝勝会が終わるまで泳がせておく？」

「そうだな…」

大きなため息とともに、ヤーニはどっちつかずに口にした。

口にすれば、セサームはそれをナナミに告げるのだろうか？　ヤーニが口止めしたとしても？

……わからなかった。

普通ならば、セサームに隠すようなことは何もないはずだが。

今までなら必ず、セサームの判断を信じていられた。ヤーニにとって、セサームは常に正しい判断を下す男だった。

「それにしても、セサーム様ほどの方がナナミの正体を見抜けないものかしらねぇ…？」

ソファに片足を持ち上げながら、ガリドが独り言のように、だがなかば聞かせるようにつぶやく。

その言葉に、ヤーニはハッとした。

何か、頭の中にスパッと風穴が空いたようだった。

そうだ。本当に、セサームは気づいていないのだろうか……？

いくら身内だからといって、そこまで目が曇らされているのだろうか？

あるいは、と思う。

ゾクッ…、と知らず身体が震えた。

あの時の恐怖が、身体の奥底から蘇《よみがえ》ってくるようだった。

あるいは気づいていて、なのか――？

◇　◇

「ガリド様、ですか…」

向かいのソファで、ナナミがわずかに視線を落とした。

「おまえのことを調べているようだね。……まあ、調べられて困ることもないが」

肘掛けに頬杖をついて、セサームは肩をすくめてみせる。

夜もかなり更けたこの時間、セサームの私室をナナミが訪ねていた。

めずらしいことではない。今も二人の間のテーブルには、書類がいくつも広げられている。

とはいえ仕事も一段落し、話は雑談に入っていた。

……雑談としては、いささか緊張感がありすぎたかもしれないが。

「まあ、もともと宰相の直轄と言ってもいい部署だからね。ヤーンは…、ガリド様とはつきあいも長いし、信頼しているはずだ」

「セサーム様ほどに、ではないでしょう」

さらりと返してきたナナミの表情を、セサームはふっと確かめるように見つめてしまう。

それでも落ち着いて返した。

「もともとヤーンの師でもあるし、……肌も合うんじゃないかな」

文字通り、だ。

かつての話だったにしても、今も信頼関係は変わらないし、気の置けないつきあいをしているのは知っている。

だが少しばかり、冷たい口調になっていただろうか。

「セサーム様？」

気配に聡く、ナナミがわずかに首をかしげたのに、セサームは何気ないように付け加えた。

「なかなか手強い方だよ」

「そうですね…」

ナナミが口元に手をやり、じっと考えるようにつぶやいた。

その表情を見つめ、セサームもふっと身体に力をこめる。

だがセサームが今から立ち向かわなければならないのは、ヤーニ本人だった。

誰よりも手強いとわかっている。

――と、先触れもなく、いきなり扉が開いた。

二人が同時に向き直ると、入ってきたのはヤーニだ。

そうだろう。こんな時間、この部屋にずかずかと勝手に入ってくる人間は、ヤーニくらいだ。

もっとも、それもひさしぶりだったが。

ヤーニが中を見て、わずかに顔を強張らせる。

……ナナミがいることに、か。

ナナミが急いで立ち上がり、丁重に礼をとった。

それに向ける眼差しも険しい。今までのような、胡散臭げな敵意、だけでなく。

「ヤーン？」

いつにないその表情に、セサームはわずかに首をかしげた。

どうやら、ガリドの方で何か進展があったのかもしれない。

「邪魔をしたか？」

それでも、ヤーニが何気ないように口を開く。

「いや。そんなことはないよ」

セサームは微笑んでみせ、ちらりとナナミに視線をやる。

ナナミが小さくうなずき、手早くテーブルの書類をかき集めた。

「では、私はこれで失礼を」

そつなく口にすると、セサームとヤーニとに一礼する。


ヤーニはその一挙手一投足をじっと目で追いながら、戸口へ向かう後ろ姿を見つめている。まるで、今にも短剣をとり出して襲うのではないかと、警戒するみたいに。

失礼いたします、とあらためて一礼して立ち去ろうとしたナナミを、ヤーニが思い出したように呼び止めた。

「ナナミ、先日はうちの人間が無体をしたようで、すまなかったな」

それにビクッと、驚いたようにナナミが顔を上げる。

少しばかりヤーニを見つめてから、めずらしくあせったように視線を逸らせた。

「……いえ。こちらこそいたらず、お騒がせいたしました。申し訳ございません」

それだけ言って頭を下げると、急いで扉を閉ざす。

深い息をついて向き直ったヤーニに、ソファに腰を下ろしたままだったセサームは、わずかに眉をよせて尋ねた。

「無体とはどういう意味だ？」

ヤーニとナナミと、二人だけで通じる話というのはさすがに胸をざわつかせる。

「ナナミはおまえに言っていなかったのか？」

いかにも意外そうにヤーニが聞き返してきた。そしてさすがに体裁悪い、渋い顔で嘆息する。

「いや、うちの…、宰相府の官吏がナナミに乱暴を働いたらしくてな」

「乱暴？」

そのニュアンスを感じとって、セサームは思わず顔をしかめる。

どうやら今朝方、ヤーニのところの官吏が三人、いきなり辞職願を残しただけで姿を消したようだ。

理由の記載はなかったが、ただごとではなく、同僚たちは首をひねるばかりだったのだが、それを知ったイクスがヤーニに報告してきた――らしい。

ナナミを襲ったことがイクスの口からヤーニに伝わり、ヤーニか、あるいはセサームからか、厳しい処分が下ることを恐れて、その前に逃げ出したということのようだ。

「すまなかった。俺の監督不行届だ」

素直に頭を下げたヤーニに、セサームは短いため息をつく。

「まぁ、シリィもきついところのある子だからね」

それだけではすまないことはわかってはいたが。

ナナミとしては、もともと良好な人間関係を築こうという気もないのだろう。とりあえず、今は能率を重視している。

セサームはソファの肘掛けに頬杖をつくようにし

て、ヤーニを見上げた。

「それで、何かわかったのか？」

「何…？」

その問いに、ヤーニが少しばかりとまどった様子を見せる。

「ひさしぶりに顔を見せたということは、何か言いたいことがあるのだろう？　昼間はわざわざガリド様の私室で何やら話しこんでいたようだしな」

「……よく知っているな」

さらりと指摘すると、目を丸くしてヤーニがうめいた。

それにセサームは軽く肩をすくめる。

「大宮殿《ラマ・ガハル》の中でのことならな。頼まずとも耳に入れてくれる者は多い」

ヤーニが苦笑した。

「そうだな…、おまえには信奉者が多いからな。貴族や官吏たちや…、兵たちにも」

確かにセサームの歓心を買うために、ことさらいろんな話を聞かせてくる人間もいるが、それだけでなく、セサームは戦略的に、そういう大宮殿内の噂話を集める役割の人間を、手元においているのだ。

ヤーニは、広く帝国中の情報を集めるために帝史編纂庁を使っているが、セサームはむしろ、大宮殿《ラマ・ガハル》内の情報を集めるようにしていた。

大宮殿のようなところでは、真偽入り乱れた噂話を耳に入れておくことである程度の人間関係が把握できるし、誰かの先手を打ったり、面倒にならないように立ちまわることもできる。

もともと宮廷政治というものに関心がないヤーニはさして気にしていないようだが、実はたわいもない噂話といってもバカにはできない。それで足を引っ張られることも多く、セサームはできるだけ、そちらの方面ではヤーニをフォローするようにしていた。

「おまえは今でも、ガリド様とはずいぶん親しいようだな」

何気なく口にしたセサームの言葉に、ヤーニがふっと眉をよせて聞き返してくる。

「おまえ…、まさかガリド様と俺とのことを勘ぐっているんじゃないだろうな？」

それにあえて、セサームは肩を揺らして笑った。

「勘ぐるも何も、ガリド様はおまえの師だろう？　おまえとどういう関係にあったのかはわかっているよ」

そんな言葉に、ヤーニがどこか居心地悪いように視線を外す。

皮肉な言い方に聞こえたのだろうか。

さらに、セサームは続けた。

「ただ、信頼しているのだろうな、と感心しているだけだ」

そんなセサームに、ヤーニがわずかに眉をよせた。探るようにじっと見つめてくる。

「むろん、信頼はしているが」

「私よりも、な」

ヤーニがいくぶん驚いたように息を吸いこむ。

「そんなつもりはないが。比べられることでもなかろう」

「だが、ナナミのことを調べているのだろう？　何かわかったのか？」

温度のない笑みを浮かべたまま、挑戦的に尋ねてやる。

それにヤーニが長い息を吐いた。

「そうだな。ナナミはシャルクの内通者だ。シャルクを手引きする恐れがある。……おそらくは、長老を奪還するためにな」

まっすぐに顔を上げたヤーニが、強いて感情を交えず、淡々と口にした。

「それが…、ガリド様が出した結論だと？」

セサームはその視線をまっすぐに受け止めて、聞き返す。

「そうだ」

「証拠は？」

「シャルクと思われる男と、外で密談をしていたのが目撃されている」

「シャルクと思われる男と、か…」

セサームは吐息で笑った。

「ずいぶんと当てにならない話だな」

「セサーム！」

あっさりと言い放たれて、ヤーニが声を上げた。

「夜中にコソコソと外へ出て、素性のわからぬ男と密会すること自体、怪しいとは思わないのか？」

「ナナミにも、外に男がいて不思議ではあるまい？　いい年の大人なのだからな」

肩をすくめて返したセサームに、ヤーニがいつになく辛辣な言葉を吐いた。

「おまえがその男ではなかったのか？　それとも、おまえの寵愛を得るために、前の男には別れを告げに行ったとでも？」

「ああ…、ないことはないな」

あえて軽く言い返すと、ヤーニがこらえきれないようにセサームに近づき、身を乗り出すようにして肩をつかんだ。

「いいかげんにしろっ！　認めたくないことから目を逸らすおまえではあるまい？　……本当は、おまえにもわかっているのではないのか？」

まっすぐに、心の中を見透そうとするようにセサームの目を見つめ、ヤーニが言った。

「……どういう意味だ？」

少しばかり意味を取り損ね、セサームは怪訝に聞き返す。

「おまえはすべてを知っていて、それでもナナミを信じようとしているのではないのか？」

「何をバカな…」

セサームは嘆息し、払いのけるようにヤーニの腕を突き放した。

「どうして私がそんなことを？」

視線を逸らしたまま、無意識に前髪をかき上げるようにして聞き返す。

「おまえは…、かつてカナーレを助けられなかった代わりに、今度はナナミを救おうとしているのではないのか？　あの男がシャルクと通じているとわかっていて」


「ヤーン…」

セサームは驚いて、思わずヤーニを見つめ返した。

「カナーレを信じてやったように、おまえはまた…、自分の命をかけてナナミを助けようとしているのではないのか…？」

恐いくらいに真剣な眼差しが、セサームを見つめてくる。

ヤーニがそんなことを考えているとは思わなかった。だが…、ヤーニからすれば無理もないのかもしれない。

セサームはそっと息を吐き、ゆっくりと首を振った。

「ナナミは…、カナーレとは違うよ」

「ああ。違うな」

低くつぶやくように口にしたかと思うと、ヤーニがいきなり、セサームの身体を抱き上げた。

「――なっ…、ヤーン…っ？」

反射的に腕の中であらがったが、かまわずヤーニはセサームの身体を奥の寝台まで運び、いくぶん手荒に寝台へ放り出す。

「ヤーン…！」

とっさに起き上がろうとしたセサームの身体を、ヤーニが上から力ずくで押さえこむようにしてシーツへ縫《ぬ》いとめた。

真上からじっとセサームの顔を見下ろし、ヤーニが低く、感情のうせた声で言った。

「ナナミはカナーレとは違う。カナーレのように…、狙いを外すとは限らん。今度こそ…な。あの時でさえ、おまえが助かったのは奇跡に近かった」

「ヤーン…」

あの時のことがどれだけこの男の心に傷になっているのか、初めて知った気がした。

胸が痛い。

それでもセサームはとっさにヤーニから視線を外し、そっと唇をなめるようにして言葉を押し出す。

「ナナミは……私の血のつながった従兄弟だぞ？」

「だから何だ？　だからこそ、おまえを恨んでいるのではないのか？」

「ナナミはそのような男ではない。おまえは…、私の言うことよりも、ガリド様の方を信じるということだな？」

「養子に関しては、おまえの判断は当てにならぬと言ったはずだ」

男をにらみ返し、ぴしゃりと言ったセサームに、ヤーニが真っ向から言い返してくる。

それに、セサームはふっと唇で笑った。

「結局おまえは、ナナミに対して嫉妬しているだけだろう？　おまえとしては寝取られたと言えるわけだからな」

「何…？」

セサームの言葉に、ヤーニが大きく目を見開いた。

グッと、セサームの腕をつかむ手に力がこもる。

「閨でのことで、宰相閣下が若い男と争って負けたとなると、さすがに笑いものだからな。おまえとしても、素直には引き下がれまい」

「そんな話ではない…！」

鼻で笑うように言ったセサームに、ヤーニがいらだたしげに声を荒らげる。にらみ殺すような眼差しで、じっとセサームを見下ろしてきた。

「ナナミと…、寝たのか？」

息を詰めるようにして尋ねてくる。

「下世話な聞き方だな。弟子であれば、当然あることだろう？」

わずかに顔をしかめ、セサームは受け流すように言う。そしてピシャリと続けた。

「私が本気ならば、おとなしく身を引くのではなかったのか？」

ビクッ…とヤーニが身体を震わせ、かすれた声で聞いてくる。

「本気なのか…？」

「育て甲斐のある子だと思うよ。芯も強い。……それに、ベッドの上では案外と可愛い子だからね。おまえが好き勝手に遠征している間、私も新しい弟子を育てるのにいい時間ができたわけだ」

吐息で笑うように言ったセサームに、ヤーニがぎゅっと目を閉じた。

セサームを残していった非を指摘されると、ヤーニとしても言葉がないのだろう。……むろん、卑怯な言い方だとわかっていたが。

「あの男だけはダメだ…！」

ヤーニが振り絞るように叫んだ。

「では、誰ならいい？」

皮肉な調子で、セサームは尋ねてやる。

「誰でもダメなのだろう？　おまえ以外は。……それとも、私が養子をとったあとも、たまにおまえに抱かれてやれば満足なのか？」

「セサーム…！」

さすがにヤーニが顔色を変え、セサームをにらんでくる。

「自信があるのなら…、私を引きもどしてみればいい。今なら、まだ間に合うかもしれないな。正式に養子にしているわけではないし、……私の身体もまだ、おまえを覚えているかもしれない」

精いっぱい何気ないような口調を作る。

それにヤーニが、じっとセサームを見下ろしたまま、大きく息を吸いこんだ。

「無理に…、抱くつもりはない。そんなことを望んでいるわけではない」

「この体勢でか？　宰相閣下はずいぶんと腰抜けだな。ナナミはもっと情熱的だったよ」

吐息で、セサームは笑ってやった。

「ナナミは…、あの子は、愛した相手のためなら命もかけられる。正直、あの熱意におされたところはあるかな」

「セサーム…、おまえ」

眉をよせ、ヤーニが低くうめいた。

「おまえらしくもない挑発だな…」

「これが最後かもしれないからな」

さらりと言ったセサームに、ヤーニが大きく目を見張る。クソッ…、と低く吐き捨てた。

そして手のひらでいくぶんきつくセサームの頬を撫で、襟元に指を落とすと、一気に前を引き裂いた。

「――っ……」

　思わず、セサームは息を呑む。

　ヤーニが反射的に上がったセサームの腕を押さえこみ、肩を剝き出しにするように後ろへ服を引き下ろすと、露わにした肩口から首筋、胸へと貪るように唇を這わせてきた。

「セサーム……」

　かすれた声が、熱い吐息とともに肌に触れる。手のひらできつくこすられ、全身が唇で愛撫《あいぶ》される。

　熱く、やわらかな舌が肌をたどり、胸の小さな芽が執拗に味わわれた。

　舌先で何度も弾かれ、唇でついばまれ、甘嚙みされる。

「んっ…、あっ…ん…っ」

　あっという間に硬く尖《とが》った乳首が淫《みだ》らに唾液を絡め、男の指にもてあそばれた。

　セサームは無意識に身体をのけぞらせ、身体の奥からこみ上げてくる甘い疼きを必死にこらえる。

「セサーム…」

　男がいくぶん強引にセサームの髪をつかみ、頰をこすり合わせると、奪うように唇をふさいでくる。ねじこまれた舌がセサームの舌を絡めとり、夢中で味わってしまう。

　いったん身体を起こしたヤーニが自分の服を脱ぎ捨て、はだけさせたセサームの前をたどるように指をすべらせると、やわらかな内腿《うちもも》をたどり、閉じていた足の間に片手をねじこんだ。

　まだ反応のないモノが手の中に握りこまれ、強弱をつけてこすり上げられる。

「ここは…、くわえてもらったのか？」

　低く聞かれ、セサームは無意識に唇を嚙んだ。

　答えを求めていたわけでもないのだろう。

そのままヤーニは舌先を耳の中に入れてくすぐるように動かし、軽く耳たぶを嚙む。

「んっ…、あぁ…っ…」

ビクン、と身体を震わせ、セサームは小さくあえいだ。

「くそ…っ」

低くヤーニがうめくと、喉元から胸へと唇をすべらせ、きめの細やかな肌を味わっていく。

そして脇腹からヘソのあたりまで触れると、いきなり片方の足が大きく抱え上げられた。

セサームの羞恥《しゅうち》をあおるように、だ。

「や…っ、――あぁ…っ！」

たまらず声を上げ、とっさに片手が中心を隠そうとしたが、無慈悲に払いのけられる。

代わりに男の手でしっかりと握られ、こすり上げられて、セサームのモノは徐々に形を変え、先端から恥ずかしく蜜《みつ》をこぼし始めてしまう。

「あぁ…っ、ん…っ…あっ」

セサームはこらえきれず、両腕で顔を隠すようにして身をよじった。

かまわず、ヤーニがセサームの下肢に身を伏せる。手の中で愛撫していたモノを、確かめるように口に含んだ。

あっ、と瞬間、腰が浮いたが、動く方の足がしっかりと腕で押さえこまれ、まともに抵抗もできない。

「んん…っ、……あっ…ん…っ…、あぁ…っ」

止めようもなく中心から湧き出してくる快感に、セサームは淫らなあえぎ声を上げ続け、無意識のように片手がヤーニの髪をつかんだ。

特に引き剝がすことはせず、男は口の中でたっぷりとセサームのモノをしゃぶり上げる。そしていったん口から出すと、さらに奥へと舌を這わせてきた。

わずかに腰を浮かせるようにし、細い筋を舌先でたどると、硬く閉ざされ、密やかに息づく場所を舌先で丁寧にこじ開ける。

「あ……」

ひさしぶりの感触に、ゾクッ…とセサームの肌が震える。身体の奥が疼く。

いつもなら——ヤーニが戦地に行く前なら、香油の用意もしてあるところだが、今はそれもない。きつく窄《すぼ》まった襞《ひだ》が、男の舌の愛戯に待ち焦がれていたようにヒクつき始める。

「あぁっ…、や……」

羞恥と快感で、セサームはたまらず身をよじった。

覚えのある硬い指先が溶け始めた襞を引っかくようにしてなぶり、いっぱいに広げられた奥へと舌先がねじこまれ、中で動かされて、セサームはさらに恥ずかしい嬌声《きょうせい》を上げてしまう。

「どうやらここは…、他の男には触らせてなかったようだな」

いったん唇を離し、息をついてヤーニがつぶやいた。

そしてあてがった指をゆっくりと埋めてくる。

「——んっ…、あ……」

ジン…、と頭の芯が痺《しび》れてくるような快感に、セサームは無意識に息をつめる。

時間をかけて指を馴染ませ、やがていっぱいに中がかき乱される。

「あぁっ、は…、あ……あぁぁ……っ」

ひさしぶりに与えられた悦びに、セサームは夢中でその指をくわえこんだ。

やがてその指が二本に増え、何度も抜き差しされ、たっぷりと中が慣らされてから、一気に引き抜かれる。

「あぁ……っ」

思わず引き止めるように締めつけてしまった自分に、カッ…、と頬が熱くなった。

ヤーニが大きくあえいだセサームの身体をひっくり返し、引っかかるくらいになっていたセサームの服を肩から引き剝がす。背中に散った髪がうなじのあたりからかき上げられ、背筋に沿って唇が押し当てられる。

両手で包みこむように薄い脇腹が撫で下ろされ、背中から抱きしめるようにして腰を密着させてきた。

「あ……」

あからさまにヤーニの大きさ、硬さを教えられ、セサームは思わず小さな声をもらしてしまう。

シーツに伏せた頰がわずかに紅潮してくる。

「セサーム…、少し腰を上げられるか？」

背中から意地悪く聞かれ、セサームは肩越しににらむようにして振り返った。

それでも動く方の足に力を入れて、少しだけ腰を持ち上げる。

ヤーニが両手でその腰を支え、深い谷間に自分のモノを押しつけてくる。

その大きさと熱さを十分に教えてから、やわらかく溶けた入り口に先端が潜りこみ、我慢できないように一気に中が貫かれた。

「あぁぁ……っ」

セサームの背中が大きくしなる。

一瞬の痛みが背筋を走り抜け、しかしすぐにそれを吞みこむようにして、甘い快感が下肢から全身に広がってくる。

腰をつかまれたまま、何度も先端から根元まで突き入れられ、激しく揺すり上げられる。

「……ひさしぶりだ……。よく…、締まる」

耳元で男のかすれた声がこぼれ、カッ…、と全身が熱くなった。

それでもどうしようもなく、中の男をきつくくわえこんでしまう。

背中から全身を包みこむ重みと熱が、心が震えるほどにうれしい。

「つっ…、あぁ…っ、――ああっ……」

声を上げながらセサームは腰を振り、無意識に指先がシーツを引きつかむ。

前にまわってきた男の指が胸の突起をなぞり、恥ずかしく蜜を振りこぼす前が手の中でこすり上げられた。

「――んっ…ぁっ…、もう…っ、あぁぁ……っ」

長くこらえることができず、腰を揺すり上げられるまま、セサームは達してしまう。

だがほとんど同時に、中に出された感触があった。

足が悪いのも忘れ、浮遊するようだった身体が一気にシーツに落ちる。

しかし休むまもなくその身体がひっくり返され、仰向けに寝かされると、しっとりと汗ばんだ熱い身体が重なってきた。

「セサーム…」

顎がつかまれ、唇が奪われて……足が絡み合う。

男の、まだ存在感を主張する硬いモノが腿に当たってくる。

喉元に噛みつくようなキスが落とされ、両足が抱えられて、さっき明け渡した場所が再び男のモノで埋められた。

「――あぁぁ……っ！」

瞬間、セサームの身体が大きく伸び上がる。

まるで自分の存在を刻みこむように、何度も突き入れられ、奪われた。

「セサーム…っ」

名前を呼ぶ声が、少し苦しげで、切ない。

それでも、セサームはうれしかった。

どれだけ――愛されているのかがわかる。

それを身体で感じられる。

――最後まで、それを教えてもらったから。

8

明け方近くになって、ヤーニはそっと寝台を離れた。

ゆうべはヤーニが来ていることで、側仕えの者たちも遠慮したのだろう。窓のカーテンも開かれたままで、淡い月明かりの中、セサームはぐったりとして眠っているように見える。

なかば伏せられたその青白い横顔に、苦い、息苦しいような後悔だけが押しよせる。

あんなふうに……抱きたいわけではなかった。抱くべきではなかった。

のろのろと身支度をしてから、そっとセサームの顔をのぞきこむ。

本当に寝ているのか、あるいは寝たふりをしているのか。

「ずいぶんとケダモノだったたな…」

と、ふいに低く気怠げな声が聞こえ、ヤーニはハッとした。

目は閉じたままだったが、どうやら起きていたらしい。

「悪かった」

短くあやまってから、ヤーニはそっと息を吸いこ

み、淡々と続けた。

「ナナミのことはいずれ、すべてがはっきりとする。それまではしばらくうちで…、宰相府で仕事をさせる。おまえと会うことは許さん」

いつになく厳しい口調に、セサームがわずかに身じろぎし、闇の中で目を開けてきた。

「私に命令するつもりか？」

「そうだ。ナナミの無実を信じるのなら、俺が許可するまで接触はするな。もし、おまえのまわりで手引きした者がいれば、死罪に処する」

「ずいぶん横暴だな…」

セサームが眉をひそめた。

「本気だ。信じているのなら、おとなしくしていればいい」

冷然と言ったヤーニに、セサームが小さくため息をつく。

「……いいだろう」

「信じていいな？」

念を押すと、ああ、とうなずく。

ヤーニはホッと、肩で息をついた。

もし聞き入れられなかった場合は、セサーム自身を軟禁することも考えなければならなかっただろう。

ヤーニはベッドの脇に立つと、横たわったままのセサームの前髪を指で軽く撫でた。

「セサーム…、おまえを愛している。たとえ、おまえが俺のものでなくともな」

静かに、それだけを口にすると、そのまま部屋を出た。

一人の男の出現が、自分たちの関係を変えてしまうのかもしれない。

……だが、結局、ヤーニにしてみれば同じなのかもしれなかった。

出会った時から、変えようがないのだ。

――ずっと、愛している。

それが、自分の想いだった。

セサームの心が誰にあったとしても。

そう思うと、吹っ切ることができる。

ただ、一度手にしてしまうと、離したくないという欲が出るだけなのだろう。

人気がなく、まだ死んだように眠っている明け方の大宮殿《ラマ・ガハル》を、ヤーニはゆっくりと自室まで歩いて行った。

庭や回廊で、時折警備の兵とすれ違い、あわてたように敬礼される。

それにしても――。

少し冷静になると、何かざらつくような違和感が心の奥に残っていた。

ゆうべは……セサームらしくない、気がした。

あんなふうに挑発してくるような男ではなかったはずだ。

やはりナナミの正体を知った上で、セサームは……最後までナナミを信じて、心中でもしようというつもりなのだろうか？

十年前の痛みを思い出し、思わず叫び出しそうになる。

無理だとわかっていたが、いっそ、本当にすべてが終わるまで、セサームを監禁しておこうかとさえ思う。

ナナミが手引きするシャルクの男を捕らえ、ナナミを追及できるまで。

いずれにしても、祝勝会の日にすべてがわかる。

ナナミのことも、ヤーニ自身で、この日に決着をつけるつもりだった。

そして、当日。

ヤーニの緊張とは裏腹に、朝から大宮殿は少しばかり浮き立った雰囲気だった。

ヤーニの主催により、予定通り、外宮の広い中庭を開放する形で、日暮れから始まって翌日の真夜中過ぎまで、丸一日以上にわたって宴会が開かれることになっていた。遠征に参加した兵はもちろん、大宮殿内の警備兵たちも、当番の時間以外であれば参加してもよいという通達が出ている。

通常の巡回や、立ち番の間も、兵たちが楽しみにそわそわとしてしまうのも無理もない。

普通であれば、厳しく指導するところだが、ヤーニはあえてそれを注意することはなかった。

相手を油断させるためだ。


祝勝会の日程や場所、形式などもすべてマンスールに任せっきりだったのだが、その裏でヤーニは数人の腹心の兵に指示を出していた。

つまり、密かに長老を今いる牢から移し、いると思わせている建物や周辺に兵たちを潜ませたのだ。

本来なら、自ら動きたいところだが、さすがに無理だった。

あまりにも目立ちすぎるし、いる場所にいなければ、逆にそれも目立つ。自分の主催する兵たちの祝勝会ならば、冒頭の挨拶と乾杯くらいには立ち合って、兵たちの労をねぎらわなければならない。

あるいはそれを、すでに入りこんでいるシャルクが眺めて、あざ笑っている可能性もあるのだ。

そして兵士たちとは別に、イクスにも牢の近くで待機しておくように指示していた。

万が一、シャルクを取り逃がした場合、宮殿内に逃げ込まれたらやっかいだ。よけいな犠牲者が出かねない。

一対一の戦いになった場合、普通の兵士ではまったく相手にならないだろう。イクスのような、規律や常識に捕らわれない、自由なカンのよさが求められる。

何も告げてはいなかったが、マンスールはさすがにヤーニの気配を察し、何かあると感じているようだった。

それでも、必要があれば指示があると判断しているのだろう。何も問わないところが彼らしく、ありがたい。テキパキと、自分のやるべき仕事をこなしていた。

気持ちは緊張しつつも、表情は朗らかに、ヤーニは祝勝会の冒頭で兵士たちの栄誉と勇気を讃え、場を盛り上げた。


闇の深まった夜空に大きな花火が打ち上がり、無礼講の騒ぎとなった人混みの中、なんとか抜け出すと、一人、ある場所へと向かっていた。

通常の巡回でなくとも、ふだんなら兵たちの移動がある大宮殿も、今日はさすがに気配が少なく、その分、静かに感じる。行き違うのも、官吏か侍従たちばかりだ。それも、日が落ちたあとではやはり数が減ってくる。

ヤーニがたどり着いたのは、さすがに外宮のバカ騒ぎも遠い内宮の一角、しかし中央からは外れた裏庭に建つ小さな礼拝堂だった。

決まった祈りの時間以外は人気もなく、山の長老を捕らえていた牢からも対角線上にあって、距離的にも遠く、ちょうどいい。

今日は祝勝会ということで、ヤーニが宰相府のいつもの執務室や私室に姿がなくとも探されるようなことはなく、その意味では、ヤーニとしても気楽だった。他の誰かを巻きこむ心配が少ない。

回廊から眺めた礼拝堂はひっそりと闇に沈んでおり、明かりも灯っていない。

まだ相手は来ていないようだ。

ヤーニは回廊に灯されていた小さな燭台《しょくだい》を一つ無造作に手にすると、軋む扉を開いて礼拝堂の中へ足を踏み入れた。

下級官吏や下働きの者たちの、小さな簡易の礼拝堂だが、それでもドーム状の壁や天井、柱の模様は美しい。

ヤーニは戸口の棚に燭台をのせた。

——と、礼拝堂の奥にたたずんでいた人影が視界の端で動き、ハッと身体を緊張させる。

無意識にグッと、片手にしていた剣を握った。

「いたのか…」

小さくつぶやくように言うと、ナナミがひっそりと微笑んだ。

「宰相閣下をお待たせするわけにはまいりませんから」

今日、一度は手引きしたシャルクの男と接触するかとは思ったが、あえてナナミに見張りをつけることはしなかった。

「けれど…、何のご用でしょうか？　わざわざこのような人気のないところに呼び出されるとは…、何をされるのか、少し不安を覚えてしまいますね。いつになく、物騒なものをお持ちのようですし」

スッ…、とナナミの視線がヤーニが手にしている長剣に流れる。

「ことによればな」

冷然と、ヤーニは答えた。

はっきりと、ナナミがセサームを害するつもりだとわかったら、ヤーニはこの場でナナミを斬り殺すこともためらうつもりはなかった。

無抵抗の者を、という誹《そし》りを受けたとしても。

遠く、花火の打ち上がる音が耳に届く。

きっちりと決着をつけたかった。シャルクであろうが、なかろうが。

そのために、ナナミを呼び出したのだ。

むろん、潜入したシャルクの男との連携を絶つ意味もある。

「単刀直入に聞こう。おまえは…、セサームの養子になることを望んでいるのか？」

「まさか。そのような大それた望みは持っておりません」

ヤーニの問いに、驚いたように目を見張ってみせたが、それもどこかあざとさを感じさせた。表情が笑っている。

「では何が目的だ？　セサームの命か？　おまえはセサームを…、ザイヤーン家を恨んでいるのか？」

容赦のないヤーニの問いかけに、ナナミがわずかに顔を伏せ、吐息で笑った。

「なぜ私が…、セサーム様を？」

「幼い頃は、ずいぶんと冷遇されたそうだが」

淡々とした言葉に、ナナミが微笑んだ。

「そうですね…。確かに幸せな子供時代とは言えなかったかもしれませんが」

そして顔を上げ、まっすぐに見つめてくる。

「けれど、私の生き方を決めた出会いもありましたから。おかげでここまで来ることができたのです。辺境で野垂れ死にすることなく…ね」

「シャルクとの？」

わずかに目をすがめて尋ねたヤーニに、ナナミはさらりとうなずいた。

「……ええ。それも一つでしょう」

その言葉に、ヤーニはわずかに息をつめた。

――認めた。

だがずいぶんと潔いのは、仲間がすでに長老の奪還に動いていているせいなのか。

あるいは。

「むしろ、おまえが狙っているのは私の命か？」

静かにヤーニは確認した。

ここで殺すつもりならば、白状しても問題はない、と。

シャルクに同調するものであれば、当然、ヤーニの命を狙っておかしくはない。

そして、ナナミがセサームの養子となることに、ヤーニは反対している。もちろん、最終的にはセサームの考え一つではあるが、長年の友であり、宰相という地位にあるヤーニの強硬な反対にあえば、セサームにしても考え直すかもしれない。

セサームの養子になれるのであれば、そちらの方が利益は大きく、ナナミとすればセサームは生かしておきたいだろう。逆に、ヤーニの存在は邪魔になる。

だがたった一人で、まともにヤーニとやり合って勝てるとは思っていないはずだ。

ヤーニの呼び出しに応じたのは、何か企みがあるのか……。

「さあ、どうでしょう？」

そんなことを頭の中で考えていたヤーニに、ナナミがあからさまにとぼけてみせる。

「それとも、他に狙いがあるのか？」

「力ずくでしゃべらせてみたらいかがですか？」

意味ありげな眼差しで返してきたナナミに、ヤーニは冷静に言った。

「おまえがおとなしくしゃべるようなタマとも思えんが」

「それはわかりませんよ？　方法はいろいろとあるでしょうし…、何でしたら、私の身体に聞いてみたらどうですか？　ヤーニ様」

「身体に？」

そんな挑発に、ヤーニはふっと目をすがめた。

「とても…、お上手だとうかがっておりますから。私も一度くらい、お手合わせを願いたいですね」

いつになく艶やかに、ナナミが笑ってみせる。

セサームと似た面差しだが、セサームはこんなふうには笑わないのを、ヤーニは知っていた。

「セサームがそう言ったのか？」

あるいは、ナナミと枕をともにした時にでもそんな話になったのか、と、一瞬、心臓が強張る。

思わず尋ねたヤーニに、ナナミが苦笑した。

「いえ…、噂ですよ」

「古い噂だな。ここ二年ほど、俺はセサーム以外の人間と寝たことはない」

きっぱりと、あえて直接的な言葉で、挑戦的にヤーニは言い放った。

「おまえはセサームの寵愛を受けながら、そのように気安く他の男を誘うのか？　上手そうな男なら、誰にでも尻を振るというわけか？」

そして切り返す刀のような鋭さで、あえて手ひどくナナミを攻撃する。

「そのような尻の軽い者をセサームの側におくわけにはいかないな」

人間が信用できない。が、何よりもまず、感情的に許せない。

その言葉に、ビクッ…、と一瞬、ナナミの身体が震えた。きつく目を閉じ、何かを抑えこむように長く息を吐く。

「……そうでしょうね」

そして、目を伏せて小さくつぶやいた。

少しの間、身じろぎもしなかったが、やがてそっと指を持ち上げて、前髪をかき上げる。顔を上げてじっとヤーニを見つめ、静かに微笑んだ。

「本当に、ヤーニ様はセサーム様を大切にされているのですね…」

ちらっと、どこか淋しげな表情がかすめる。

あるいはそれも、この男の手管《てくだ》なのかもしれないが。

大きく息を吐き出してから、何かを吹っ切ったようにナナミが口を開いた。

「ギジル・ハイヤ。……長老をとりもどすために潜入したシャルクの残党は、その男です。カラ・カディの一人。……ご存じでしょう？」

「何…？」

はっきりとした口調で言ったナナミに、ヤーニは思わず目を見張った。

ギジル・ハイヤ――赤い蛇。

聞き覚えはあった。いや、忘れようもない名前だ。

「その男は……確か」

知らず、声が震える。

「ええ、セサーム様の妹を殺した男です」

そう。惨殺されたファーラの遺体の側に、血の署名があった。文字ではなく、シンプルに図案化された赤い蛇の絵が、象徴的に残されていたのだ。

ファーラだけではなく、他にも何人か、暗殺された高位の執政官や貴族、そして王族の一人にも、そのサインが残されていた。

「本名はハイサムという男です。ここで仕留めることができれば、セサーム様のお気持ちも少しは安らがれるでしょう。シャルクの残党としても危険な男ですから、討ち残せば将来、中心的な人物になりかねません」

「いったい……？」

いきなり素直にしゃべり始めた男に、さすがにヤーニはとまどった。

しかしかまわず、ナナミは続ける。

「もちろん、ヤーニ様なら山の長老のいる牢に兵たちを待ち伏せさせているのでしょう。けれど万が一、逃がした時には、深追いはしないでください。危険ですから。ハイサムに渡している通行証は、北の通用門に限定されたものですので、そちらで網を張って待っていれば、必ず現れます」

「ナナミ、おまえは……？」

ヤーニは混乱した。

突然のことに、その言葉を信用していいのかどうか、判断がつきかねる。

――が、その時だった。

「ヤーニ様…！」

たたきつけるような勢いで礼拝堂の扉が開いたかと思うと、いつになく表情を硬くしたイクスが飛びこんで来た。

「イクス？」

驚きで、一瞬、言葉につまる。それでもすぐに尋ねた。

「何があった？」

もしやシャルクを取り逃がしたのか、と、ヒヤリとし、反射的にちらっとナナミを見ると、ナナミの方も表情を硬くしてイクスを見つめている。

だがイクスの口からは、それ以上の、思いもよらない答えが返った。

「長老が…、山の長老が毒殺されています」

「何……？」

目を見張り、ヤーニは言葉を失った。

想像もしていなかった事態だった。

「毒殺…⁉」

そして声を上げたのは、ナナミも同様だった。なかば悲鳴のような声だ。

「そんな…、どうして……？」

呆然とつぶやいたが、むしろこちらが聞きたいくらいだ。

「長老が…、つまり、移した先の牢でか？」

「はい。新しい牢の方で、です」

つまり、そこに長老がいると知っている人間、ということなのか。

もちろん、大宮殿内にはシャルクを恨む人間は多いだろう。身内を殺された者もいるかもしれない。

長老が生きていると知れば、それこそ暗殺を企んでもおかしくはないが…、ただ長老の存在を知っている者は限られる。

たまたまシャルクの暗殺者と同じく、やはり祝勝会の騒ぎに合わせて行動に移したということなのか……？

「シャルクは？ 長老を奪い返しに来たシャルクはどうだ？ 捕らえたのかっ？」

少しばかり混乱したまま、ヤーニは思い出して確認した。

「いえ、それが現れる様子がなく。引き続き兵たちは見張っていますが」

落ち着いたイクスの返事に、ヤーニは眉をよせた。

それはまさか…、入りこんだシャルクが暗殺した、という意味なのか？ 自分たちの長老を？

「間違いなく…、長老は殺されたのだな？」

「はい。シャルクが奪還に来るには、あまりにも夕イミングを逸しているように思いましたので、何か妙な気がして…。先ほど様子を見に行ったところ、すでに息はありませんでした」

　命じられたことを忠実にやりこなすのも兵としての正しいあり方だが、イクスの場合はそれとは違うカンのよさと、躊躇《ちゅうちょ》しない行動力がある。幼い頃、母方の遊牧民族の中で育ったという、独特の感覚というのか。危機に対する感覚が鋭い。わずかな違和感を見逃さず、対処が早い。

　何よりもヤーニが買っているのは、そのあたりだ。

　イクスは冷静な口調で報告したが、さすがに表情は硬い。

「どうやら運ばれた食事に毒が混ぜられていたようですね。そのため、外での見張りをしていた兵もずっと気づけないままで」

　ならば、牢を移した意味はなかった、ということだ。

　つまり、奪還ではなく、暗殺のために侵入した、ということなのか――？

「どういうことだ!?」

　振り返ったヤーニはツカツカとナナミに近づくと、握り潰すほど強く手首をつかみ、厳しく詰問した。

　やはり、だますつもりだったのか――、と。

「そんな……」

　ナナミはまだ呆然としていたが、やがてハッと表情を変える。みるみる蒼白に、顔から血の気がうせた。

「まさか、セサーム様は……。セサーム様が…！」

　そして甲高い声を上げ、逆にヤーニの腕をきつくつかんでくる。

「セサーム様が危険です…！」

「何…？」

一瞬、思考が止まった。

「早く……！　早く行ってくださいっ！　お願いですっ、早く……！　あの方は一人で……！」

泣きそうになりながら必死に叫んだナナミの姿に、ヤーニはその真偽を問うことはしなかった。

そんな余裕はない。

ヤーニとしても、状況や全体の流れを理解していたわけではなかった。あるいはナナミの、自分が逃げるための時間稼ぎなのかもしれない。

それでも、ただ走り出した。

すべてはセサームの無事を確認したあとのことだった――。

9

大きな花火の音だけが、華やかに聞こえてくる。

テラスに出れば、空に美しく描かれる絵画を楽しむこともできるのだろう。

舞台装置としては悪くない。

寝台の端へ腰を下ろし、セサームは小さく微笑んだ。

そっと手を伸ばし、やわらかな枕の下の短剣をもう一度確かめる。

……あとは、待つだけだった。

今夜は、侍従たちには、呼ぶまで部屋には来ないようにあらかじめ伝えてある。

花火を楽しんでおいで、と、送り出したので、兵士たちの祝勝会に混じって、楽しんでいるはずだった。

兵士たちの祝勝会だったが、中庭を開放するということは、ほとんど大宮殿中の者が自由に飛び入りできるということでもある。

貴族たちの宴は多かったが、一般の兵士や官吏たちが出られるものはほとんどなく、それだけに羽目を外して大騒ぎしているだろう。

セサームは一人、部屋で待っていた。

——シャルクの暗殺者を。

あの、赤い蛇《ギジル・ハイヤ》を。

ハイサム、という名だと聞いた。

妹を陵辱し、手にかけた男。

その男が今夜、ここに来るのはわかっていた。

そのためにあちこちとエサを撒《ま》いたのだ。

——シャルクの隠し資産のありかを、山の長老が自分にしゃべった、と。

ナナミは、ハイサムが長老の奪還に来る、と言っていた。

だがセサームには、むしろハイサムも隠し資産の場所を聞くために、そして口を封じるために来るのだろう、という読みがあった。

おそらくセサームは、誰よりもシャルク・アームジーを研究している。ピサールの誰よりも、彼らの理念や行動パターンは把握しているつもりだった。

シャルクは裏切り者を決して許さない。

戦士たちが里を守って自ら命を絶った中、長老だけが命を惜しみ、おめおめと帝国の兵士に捕まった。暗殺者たちは、それを裏切りと同等に見なすはずだった。

ならば、助けには来ない。むしろ、シャルクについてべらべらとしゃべられる前に、口を封じに来る。

そしてシャルクの隠し資産があるのなら、ピサールに没収される前に、自分たちのものとして必ず手に入れようとするはずだ。

その場所をセサームが知ったとわかれば、間違いなく今夜、ここに来る。

セサームにとっても、二度とない機会だった。

自分から動けないのだから、向こうから来てもらうしかないのだ。

自分の手で妹の仇《かたき》が討てる、最初で最後の機会。

だがそれがどれだけ危険なことかは、十分にわかっていた。

相手は訓練を受けたシャルクの暗殺者だ。対して自分は、軍人でさえない。

ならば…、隙を狙うしかなかった。

残忍な男だと、ナナミが言っていた。妹と同じように、セサームも陵辱して殺したい、と口にしていた、と。

もちろん、長老を連れて逃げるのならそんな余裕はないはずだったが。

ハイサムがナナミを利用しているだけだということは、わかっていた。

おそらく……長老の暗殺も、自分の暗殺も、すべてナナミを犯人として身代わりにし、その間に自分は逃げるつもりなのだろう。

残忍で、計算高い男――。

今夜、自分の身に起きることは、セサームも予想していた。

シャルクの暗殺者を相手に、よくて相討ちに持ちこめるかどうかだろう、ということを。

……悪ければ、妹と同じ運命をたどる、ということだ。

だからこそ、……最後に一度、ヤーニに抱いてもらいたかった。

誘い方など知らなかったけれど。

ひどく不器用だったのだろう…、とちょっと笑いたくなる。

ドォン…！　とテラスの扉を震わせるような、特大の花火が上がる。

天空で花が開いた様子は見られなかったが、ちらちらと舞い落ちる光がガラスに映った。

と、その時、扉の開く音がして、セサームはふっと視線をそちらに向けた。

わずかに身体を緊張させる。

「失礼いたします。セサーム様、申し訳ございません、おやすみでございましょうか？」

聞き覚えのある声だった。

「いや…、かまわないよ」

一瞬、迷ったが、セサームは穏やかに返す。

近づいてきたのは、イマードだった。

「何か急用が？」

「いえ、それが…、例の資料をあたっていましたら、ちょっとおもしろいものを見つけまして」

わくわくとした調子でそう言うと、何か巻紙を持ってさらに近づいてくる。

「こんな夜に熱心だね…。みんな、外宮で盛り上がっているのだろうに」

思わず苦笑して、するりと差し出したセサームの手が、ふいに後ろからつかみ上げられた。

突然のことに、一瞬、セサームは息が止まる。

ハッと振り返ると、いつの間にか男が一人、枕元に立っていた。

大宮殿の兵士の格好だったが、見覚えはない。

気がつくとテラスの扉が開いており、花火の音が今までより大きく聞こえてきた。

「いつの間に……」

目を見張り、セサームは呆然とつぶやいた。

にやりと、男が笑う。

「セサーム・ザイヤーン閣下…、ようやくこうしてお目にかかれて光栄だな」

――シャルク…！

一瞬に理解する。

とっさに、イマードに向き直り、逃げろ！　と叫ぼうとしたが、この異変にもかまわず、ゆっくりと近づいてくる男のいかにも楽しげな表情に、セサームはそれを悟った。

「おまえだったか…、イマード」

思わず、吐息とともに言葉をこぼす。

「おや？　お気づきでしたか？」

イマードがいつもの童顔に目を丸くして、首をかしげる。

「おまえか、カウィか…、どちらかとは思っていたが」


ヤーニのまわりにもう一人、内通者がいる――、と。

それはわかっていた。

ナナミより前に長老の存在を知っていた人間は、きわめて限られる。それを、ハイサムに伝えることのできた人間は。

ヤーニの他は、イクスか、数人のヤーニの腹心の兵か。あるいはガリド、そしてイマードとカウィ。

兵であれば、セサームに探ることは難しい。ガリドならば、今までにもっと大きな問題が起こっていて不思議ではない。イマードかカウィのどちらか、あるいは両方だろう、と、セサームは絞っていた。

だからこそ、二人を頻繁に呼んで、自分がシャルクの調べを進めていること、隠し資産についても匂わせたのだ。

「つっ…、――あぁ…っ！」

ハイサムに腕をひねられるようにして、寝台へ押し倒され、セサームは思わず声を上げる。

そのまま身軽にハイサムも寝台へ飛び乗り、セサームの足の上にすわりこむようにして、身体を押さえこむ。

「……ふむ。確かに妹とは似ているな。ナナミとも少しは似ているようだ」

セサームの顔をのぞきこみ、ハイサムが小さくうなる。

「ナナミを……利用したのだな？」

低くにらむようにして言ったセサームに、男が喉で笑う。

「かわいそうなガキだったからな。かまってやったんだよ。……カラダの方も悪くはなかったな。ま、俺が開発してやったようなものだが」

そして、うそぶくように続けた。

「今頃は宰相をたらし込んでるはずだ。うまく仕留められれば幸運だが…、どうかな？　まァ、失敗して逆に殺されても、それはそれで俺の獲物として、先の楽しみにするだけだが」

「それで…、長老と私を殺した罪はナナミにかぶせるつもりか？」

吐き出すように言いながら、セサームはじわじわと片手を枕の下へと伸ばしていく。

「罪？　いや、ナナミにはシャルクとして、名誉の死が与えられるだけさ」

ハイサムが唇だけで笑う。

「――死ね…っ！」

その瞬間、セサームは握りしめた短剣を男の喉元に突き立てた――つもりだった。

あっ、とイマードが横で短く叫ぶ。

が、その刃先は目の前でピタリと止まっていた。

がっちりと、すさまじい力で手首が男の片手に押さえこまれ、ピクリとも動かない。

「あ……」

喉が渇《かわ》き、かすれた声がこぼれ落ちる。

「ほうほう…、これはおもしろいモノを準備していたようだな」

のんびりとした調子でハイサムが言い、無造作にセサームの手から短剣を抜きとると、あっさりと手を離した。

「うわぁ…、マジですか？　セサーム様がご自身で短剣を握られるとは……。イイですねぇ…、ますますそそられますよっ」

イマードが場違いなほどはしゃいだ声を上げる。

「なるほど？　俺が来ることはわかっていたらしいな…」

ハイサムが低く笑った。

「おまえたちが、命を惜しみ、むざむざと捕まった長老を助けに来るはずはないからな。口をふさぎに来るのならともかく」

「その通りだ」

息をつき、低く言ったセサームに、どこかうれしそうにハイサムが大きな笑みを作る。

……ただ、セサームが計算していなかったのは、ここに二人で現れた、ということだ。

シャルクの暗殺者であれば、当然、単独で来るものだと思っていた。

少なくとも、今までのシャルクであれば、そうだったはずだ。

やはり変容しているようだな…、と、こんな状況になって、それを実感する。

組織も、中の人間も、だ。

あるいは長老を殺したのも、「裏切り者」を処刑するためよりも、口を封じるためという方が大きかったのかもしれない。

隠し資産を、シャルク復興のために使うのではなく、この二人で持ち逃げするために。

「妹の仇でも討ちたかったのか？　愚かなことだな。足も不自由なくせに、こんなもので俺をどうにかできると思ったか？」

ハイサムがセサームの腰の上に馬乗りにすわり直し、ふん、と鼻を鳴らす。

愉快そうに短剣を片手でもてあそび、その刃先をセサームの頬に押し当てて。

「おまえが…、赤い蛇か。カラ・カディの一人。……ファーラを、私の妹を殺した男だな」

刃の冷たさを感じながらも、必死で男をにらみ上げ、息を殺すようにして、セサームは確かめる。

それに、ハイサムがにやりと笑った。

「そうだ。おまえの妹を犯して殺した男だよ。あんな小娘ではさして遊び甲斐もなかったがな。……ああ、清い身体だったことは間違いない。俺のでかいのをぶちこんでやると、血まみれで泣き叫んでいたからな。もっとも最後の方は、アンアンといい声を上げてせがんでいたが」

「嘘をつけっ！　薄汚いクズがっ」

いかにも妹を貶《おとし》めるような言葉に、怒りに震えて、いつになくセサームは口汚く罵る。

男に殴りかかろうと反射的に上げた顔が無造作に平手で張り飛ばされ、セサームは再びシーツへ倒れこんだ。

「おっと…、意外と暴れますねぇ…」

感心したように口にしたイマードが、片膝をついて寝台へ上がりこみ、セサームの頭上で抵抗を封じるように、その両手を押さえつける。

セサームは荒い息をつき、目の前のハイサムと、そして頭上の男とをにらんだ。

「イマード…、なぜおまえがシャルクの内通者などに…？」

それに、イマードが朗らかに笑ってみせた。

「まさか、内通者はナナミ一人ですよ。ナナミが長老を殺して口を封じ、宰相閣下を暗殺し、セサーム様を暗殺し、そして自ら命を絶つのです。ああ…、私が命を賭して、ナナミにとどめを刺してみてもいいですけどね」

どうやらこの二人の間では、そういう筋書きになっているらしい。

「ただ私は…、セサーム様、あなたにずっと憧れていたんですよ？　ずっとお側に近づきたいと願ってきました。あなたの目にはとまってなかったでしょうけどね」

どこかうっとりとした様子で、イマードが見下ろしてくる。

「本当は……殺したくないのですよ。どこかに閉じこめて、一生、私だけのモノにしたいのですが」

愛おしげに手のひらでセサームの頬を、髪を丹念に撫でた。

反射的に、ゾッ…と鳥肌が立つ。

「それは無理だな」

しかし冷然とハイサムに言われ、がっくりとイマードが肩を落とした。

「仕方がありませんね…。この一度きりの機会に、記憶に焼きつけられるように、このお美しい身体を堪能させてもらいますよ」

「だが殺す前に、こいつにはシャルクの隠し資産の場所を教えてもらわねばならん。あの長老は、どうやらべらべらとしゃべったようじゃないか？　やはり、自ら死を選ぶこともできん腰抜けだけのことはある」

ふん、とハイサムが吐き捨てるように言う。

「私が…、それを素直に口にするとでも？」

男をにらみつけ、淡々と返したセサームに、ハイサムが唇で酷薄に笑う。

「なに、しゃべらせる方法などいくらでもあるさ。まずは……そうだな、おまえのこのきれいな身体に聞いてみようか？」

言いながら、ハイサムが短剣の刃先をスッ…、とセサームの喉元から胸元へとすべらせた。

服の端へと刃先を引っかけ、前を一気に下まで引き裂く。

「――っ…！」

セサームは思わず顔を背けて目をつぶり、飛び出しそうになった声をこらえた。

その刃先でさらに破れた服が左右に開かれ、胸から下肢までが隠しようもなく剝き出しにされる。

「ああ…、素晴らしい…！　美しい身体ですね…。ヤーニ様はこの身体を楽しまれているわけだ」

感嘆したように口にしながら、イマードが押さえこんでいたセサームの手首をまとめて片手に持ち替え、空いた手を伸ばして首筋から胸へと這わせてくる。

指先が小さく突き出したセサームの乳首を摘まみ、もてあそぶように押し潰されて、セサームは必死に喉の奥で上がりそうになった声を嚙み殺した。

「ああ…、やはりいい手触りですね…。私も…、ずっとセサーム様の肌に触れてみたいと思っていたんですよ」

丹念に胸を撫でまわしながら、イマードがため息をつくように口にする。

セサームは逃れようと必死に身をよじったが、どこまでもその手はついてくる。

「あ、乳首、立ってきましたよ？　意外と淫乱《いんらん》なんですねえ…」

「こっちもなかなかきれいな形をしているな」

ハイサムがセサームの中心を短剣の先でなぞり、刃の上に持ち上げるようにしてにやりと笑う。

「離せ…っ、触るな……！」

たまらず声を上げ、その冷たい感触と恐怖に、セサームは身体を強張らせた。

「だが大事なことをしゃべってもらうまでは、ココは使わせられないな。……ああ、司法長官閣下が勝手に感じてイッてしまわないように、しっかりと縛っておくか」

ハイサムが無造作に軍服の飾り紐《ひも》を引きちぎると、セサームの力ない中心の根元をきつく縛りつける。

「ひっ…、あ…、あぁぁ……っ！」

痛みに、びくん、と思わず、セサームは腰を跳ね上げた。

と、イマードが思い出したように顔を上げ、ハイサムに尋ねた。

「……どうします？　例の…、あの媚薬を使ってみませんか？」

いかにも期待するような声だ。

「使われてるの、見たことがないんですよね…。ぜひ一度、見てみたいんですが？」

「そうだな…。この男をよがり狂わせて、入れて入れてとせがませるのも楽しそうだが、効いてくるまでに少し時間がかかるか」

「大丈夫じゃないですか？　長老の死は、おそらく明日の朝、次の食事の時間になるまでは誰も気づかないでしょうし、宰相閣下もナナミが仕留めていれば、しばらくは見つからないようにしておくということでしょう？」

熱のこもったその言葉に、ハイサムがふむ、とうなずく。

「そうだな…。祝勝会の間は、あえて宰相を探す者もいないだろうしな」

そしてツッ…、とセサームの脇腹に刃先をすべらせ、薄く傷をつけると、にじんだ血を刃先につけて、にやりと笑った。

「……ということは、おまえがこれから味わうのは、快楽の拷問だ。……ああ、あまり早く口を割る必要はないぞ？　たっぷりと楽しませてもらってからでいい」

言いながら、ハイサムが懐から小さな袋を取り出して見せる。

「明日の朝には、俺たちの精液にまみれ、さんざん辱められたおまえの遺体が官吏たちの目にさらされるだろうよ」

「ああ…、それも素敵な眺めですね」

興奮に目を濡らして、イマードが声を弾ませる。

そんな男たちの息遣いや衣擦れを聞きながら、セサームは屈辱よりも大きな怒りに呑みこまれていた。

ファーラを殺した男なのだ。その男を目の前にして、何もできない自分の無力さが悔しい。

「媚薬を使えば、尻に俺の男が欲しくて欲しくて、何でもべらべらしゃべるようになる。おまえも自らシャルクの薬を体験できるのなら本望だろう、セサーム？」

にやにやと笑って言いながら、ハイサムが取り出してみせた自分のモノを、見せつけるようにしてセサームの口元にこすりつけてくる。

セサームは必死に顔を背けたが、男の手が顎をつかみ、強引に唇を割り開いた。

「ああ…、セサーム様に私のモノをくわえていただけるなんて、夢のようですね…」

イマードも鼻孔を膨らませ、膝立ちになって、急いで自分のモノを取り出そうとする。

「この高貴な口が私のモノをしゃぶってくださるのだと想像しただけで、イキそうですよ」

「くっ…、ン…っ、やっ…、ヤーン……、――ヤーン……！」

気持ちの悪い感触を振り払おうとがむしゃらに首を振り、セサームは無意識に声を上げていた。

やはりこんな時に頭に浮かぶのは、あの男だけだ。

「呼んでも来ないさ。宰相閣下は今頃、ナナミが仕留めているはずだからな」

それに、ハイサムが低く笑う。

「ずいぶんと恨みを買っているようだな…、あの男も」

――それは、違う。

セサームは心の中で思った。

この男たちにも計算違いがある。

確信した、その瞬間だった。

「セサーム…！」

迸《ほとばし》るような声とともに、ものすごい勢いで扉がたたきつけられ、男が一人、部屋に飛びこんで来た。

ヤーニだ。

「な…」

「え…っ？」

反射的に戸口を振り返った二人が、一瞬、ほうけたように目を見開いたが、次の瞬間、さすがに機敏に、ハイサムがベッドを飛び降りた。

「きさま……、――タァァァァ…ッ！」

腹から響くような声を絞り出し、ヤーニが持っていた剣の鞘《さや》を払うと、勢いのままハイサムに斬《き》りかかっていく。

「クソ…ッ！」

とっさにそれをかいくぐったハイサムが、陽動のようにヤーニの胸元に飛びこみ、しかし寸前でひらりと避ける。

ぶん、とヤーニの剣が鋭く風を切った。

しかしそれは、セサームから男を遠ざけるためだったようだ。

位置を入れ替えたヤーニが、ベッドの前に――セサームの前に立ちはだかる。

全身で、セサームをかばうようにして。

「きさまが…、赤い蛇《ギジル・ハイヤ》か……？」

じっと壁際で隙をうかがうハイサムをにらみ、ヤーニが低く確かめる。

と、思い出して振り返ったセサームは、高く声を上げた。

「イマード…！」

ヤーニがハイサムを相手にしている間に、小狡《ずる》くテラスへの扉から男が飛び出そうとしていた。

が、ふいにそのイマードの足が止まり、恐怖を表情に張りつけて、ジリジリと後退し始める。

よく見ると、その喉元に長い剣の刃先が突きつけられていた。

テラスからじりりっと上がってきたのは、――イクスだ。

「くっ…」

それでもきょろきょろと逃げ場を探し、とっさに別の扉へ向かおうとしたその背中で、あっという間に距離を詰めたイクスが、イマードの首筋に剣の柄をたたきこむ。

ぐぁっ、と鈍い声を上げて、イマードが床へ崩れ落ちた。そのまま気を失ったように動かなくなる。

一瞬、場の意識がそちらへ逸れた隙に、ハイサムが扉から飛び出そうとしていた。

「――くそっ、待てっ！」

とっさにヤーニがそれを追う。

タイミングとしては遅かったが、ハイサムが向かった扉の真ん中には、一人の男が静かに、厳しい表情で立ちはだかっていた。

「ナナミ……？」

足の止まったハイサムが思わず息を呑む。

そしてすべてを悟ったように大きく吠《ほ》えた。

「きさま…、裏切ったなっ！」

「あなたこそ…、すべての罪を私になすりつけるつもりだったんでしょう？」

それに、ナナミが冷静に返している。

「それに私は…、かつて一度も、あなたの同志だったことはありませんけどね」

皮肉な笑みを浮かべたナナミに、ハイサムが剣を突きつけてわめく。

「どけっ！」

しかしその恫喝《どうかつ》に、逆にナナミは両手を広げて立ちふさがる。そして無謀にも、短剣を持った男につかみかかった。

「ナナミ…！　よせっ！」

驚いたように、ヤーニが声を上げる。

「愚か者が…っ！」

あっさりとその手を振り払うと、ハイサムが敏捷に身体をひねり、あっという間にナナミの背中をとった。

「……おまえに剣の使い方を教えたのは俺だぞ？　相手になると思ったのか？」

後ろからナナミの身体を引きよせ、喉元に短剣を突きつけて、ハイサムが嘲笑する。

そして油断なく、ヤーニたちの様子をうかがった。

「シャルクの戦士ならそれらしく、往生際よくしたらどうだ？　このラマ・ガハルの中から逃げ出せるとは思っていまい？」

冷静に、ヤーニが指摘する。

「ナナミを離せ」

「ほざけ…！　どのみち生きて出られんのなら、誰かを道連れにするまでだっ」

ハイサムが目を血走らせてわめく。

短剣を突きつけられた顎をわずかに上げたまま、引きつった顔で、それでもナナミが落ち着いた声を押し出した。

「私は……、かまいません。どうか、ヤーニ様……、この男と一緒に…、私を殺してください」

「ダメだ、ヤーン…！」

それに思わず身を乗り出し、セサームは叫んでいた。

ちらっとこちらを見たヤーニの目が、大丈夫だ、というように一度、瞬きする。

そしてその視線がもどる間際、ちらっとイクスと交わった。

セサームにはわからなかったが、軍人同士で何か通じるものがあるのか。

次の瞬間、剣の柄を逆手に握り直したイクスが、咆哮《ほうこう》とともに力いっぱい自分の剣を放った。

ものすごい勢いで、一直線に剣が飛んで行く。

あっ、と思った瞬間、それが扉に、開けっ放しだった扉の一つに突き刺さっていた。

ナナミの、すぐ頭上だ。

ハッと、それにハイサムの目が奪われた瞬間――。

「ハァァァ……ッ！」

大きく踏み込んだヤーニの剣の先が、ハイサムの短剣を持つ腕を貫いた。

「ひぁぁっ……っ！」

苦痛を帯びた悲鳴を上げ、ハイサムが鮮血のほとばしった腕を反射的に押さえこんだ。

執念のように、その手にはまだ短剣が握られていたが、もう片方の手がナナミから離れた瞬間、ヤーニがナナミの身体を引きよせるようにして腕の中へかばいこむ。

「きさま…！」

すさまじい形相でわめいたハイサムが、無防備なヤーニの背中に短剣を振り上げた。

が、次の瞬間、間に割って入るように飛びこんだイクスが、扉に刺さった剣を引き抜くと同時に思いきり振り下ろす。

ギャァァッ…！　と断末魔の声とともに、ハイサムの首筋から脇腹まで斜めに剣が走り、そのままばったりと床へ倒れた。

そのまわりに、みるみる血だまりができていく。

状況が把握できないのか、ヤーニの腕の中で、瞬きもせずにそれを見つめていたナナミが、真っ青な顔でその場に崩れ落ちた。

「おっと…」

ヤーニが危うくその身体を抱きとめ、軽々と抱き上げると、中央のソファへ下ろしてやった。

わずかに胸が痛むのを覚えながら、セサームはじっとそれを見つめてしまう。

しかしヤーニは、ナナミを下ろすとすぐに寝台のセサームに近づいてきた。

しばらくは言葉もなく、じっとセサームを見下ろしてくる。

そしてようやく手を伸ばし、指先が頬に触れた。

「無事か…？」

かすれた声で一言だけ聞かれ、ああ、とうなずく。

ホッと、ようやくセサームも助かったのだと実感する。

「おまえは……、おまえだけが、すべてを知っていたんだな…？」

低く押し殺した声で聞かれ、セサームはそっと息を吐き出した。

「すべて、ではないが…、そうだな」

「ファーラの仇を討ちたかったのか？」

まっすぐな眼差しに聞かれ、セサームは無意識に視線を逸らすようにして、髪をかき上げる。

「あの子は…、私のせいで殺されたようなものだ」

ファーラのことを思い出すだけで、胸が潰れそうになる。ファーラだけでなく、カナーレのことも。そして、ナナミのことも、だ。


どれだけの人間が、人生を狂わされたのか。

「相手はシャルクのアサシンですよ!? 危険な真似を…！」

ようやく落ち着いてきたらしいナナミが、しかしいつになく感情的な声を上げる。

ナナミにしても、セサームには半分ばかりだまされていた、と言っていい。顔を覆《おお》うようにして、声を震わせる。

「仇がとれるのなら、死んでもいいと思ったか？相討ちでもいいと？」

ヤーニが恐ろしいほど冷静に聞いてきた。

「そうだな…。相討ちなら本望だと、思っていた」

もう、嘘をつく気はなかった。そんな気力もない。

そっと顔を上げ、無意識に微笑むように答えたセサームに、いきなり、だった。

「――ふざけるな！」

瞬間、カッ…、と頬が燃えるように熱くなった。追うように痛みが広がってくる。

ヤーニに平手打ちされたのだと、ようやく気づいた。

それでもしばらくは頭の中が真っ白で、呆然と、ヤーニの顔を見上げてしまう。

「ヤーニ様…！」

ナナミの悲鳴のような叫びが聞こえてくる。

思わず立ち上がって走りよって来そうになったが、イクスがその身体を無造作に引きもどした。

「半年前…、俺が遠征する時、おまえ自身が言った言葉を忘れたようだな」

ほとんど無表情なまま、ヤーニが押し殺した声で言った。

――ヤーニが遠征する時……？

「宰相たるものが、軍の最前列に立つとはどういうつもりだと、おまえにはさんざん怒鳴られたと思うが？」

確かに、その通りだった。

「おまえは何だ？　司法長官という地位にあろうものが、勝手に命を捨てるような真似をして…、許されるとでも思ったのか？」

容赦なく詰問する声。怒鳴るわけでなく、抑揚がないだけに身体を切りつけてくる。

「ヤーン……」

無意識にぎゅっと、セサームは自分の腕をつかんだ。

「それが国を守る者のすることか！　おまえの代わりになるような人間はいないのだぞっ⁉　それがおまえの言う大義ではなかったのかっ！」

次の瞬間、頭上から罵声を浴びせられ、セサームはきつく目を閉じた。

ヤーニの言うことは正しかった。

……ただ。

「今の私に…、すでに大義などないよ」

知らず、口からそんな言葉がこぼれ落ちる。身体の内から。胸の中から。

「何…？」

ヤーニが一瞬、ひるむように息をつめた。

「ヤーン…、おまえの遠征を止めたあの時から、すでにな」

何か、胸がつまるのを覚えながら、セサームは必死に言葉を押し出した。

「国のために止めたのではない。ただ私が……行かせたくなかっただけだ」

「セサーム……」

ヤーニが息を呑むようにつぶやく。

セサームは無意識に伸ばした手で、男の胸のあたりをつかんだ。ぐしゃっと、手の中で服を握りしめる。

「あれは……大義などではないっ。私の…、ただの我が儘だっ」

泣きそうになりながら、吐き出した。

「セサーム、おまえ……」

かすれた声で、呆然とつぶやくように言ったヤーニが、いきなりセサームの身体を抱き上げた。

「な…っ、――ヤーン…っ？」

あせったセサームにかまわず、ヤーニはセサームの身体を横抱きにしたまま、歩き出す。

セサームはあわてて、破かれた服の前をかき合わせた。

「あとを片付けさせてくれ。……その男も、とりあえずどこかに放りこんでおけ」

顎で、死体と床へ倒れたままのイマードを指し、イクスとナナミと、どちらにともなく指示すると、セサームの身体を抱いたまま、しっかりとした足どりで大宮殿の中を歩いて行く。

幸い、花火と祝勝会のおかげか、ほとんど人に会うことはなかった。……もっとも、誰かに見られて困ることではなかったが。

そのまま連れて行かれたのは階上の、ヤーニの部屋だ。

「お疲れ様でございました……えっ？」

両手がふさがっていたので、開けろ、と外から命じたヤーニに、側仕えらしい男が丁重に挨拶をしながら扉を開いたが、目の前の主の……そしてセサームの姿に、一瞬、目を見張った。

セサームの方が気恥ずかしく、思わず顔を伏せてしまう。

「今日はもういい。下がれ」

「あ…、はい。……その、失礼いたします」

戸口でピシャリと言われ、いくぶん口ごもりながらも、男が扉を閉ざして急いで部屋をあとにする。

ヤーニはそのまま広い部屋を突っ切り、一番奥の寝室まで入ると、ようやくセサームの身体を寝台へ放り出した。

さすがに、ふぅ…、と肩で息をつき、腕をもむようにする。

「おまえ…、何を……」

今さらながらに動揺して、セサームは視線を漂わせてしまう。

ヤーニの私室に来たのは、初めてではないにしてもめずらしかった。なにしろ二階にあるので、不自由な足では訪ねるのも少しばかり面倒だ。

以前はセサームも二階に部屋を構えていたが、足を悪くしてからは、私室も執務室も、すべて一階へと移していた。

ドサッ…とヤーニが寝台の端に腰を下ろす。

振り返り、手を伸ばしてセサームの頬に触れると、顔をのぞきこむようにして大きく笑った。

「さっきのは俺の人生で、そうだな…、二番目にくらいにうれしい愛の言葉だった」

無邪気な、開けっぴろげな笑みに、セサームの方が恥ずかしく、無意識に視線を逸らせてしまう。

「……一番は何だ？」

そう言われると気になって、視線は合わさないいまに尋ねた。

そんなセサームを腕の中にしっかりと抱きしめ、肩の上に顎をのせるようにして、ヤーニが喉で笑う。

「遠征前に、おまえが泣いて引き止めてくれた言葉だな」

ひょうひょうと答えられ、思わず「泣いてはいない」と口の中で小さく反論する。

あの時は、ひたすら腹を立てていただけだ。

……それでも。

いつの間にか、自分が変わっていたのに気づく。

遠い昔から、いつも側にいたこの男のおかげで。

「おまえを愛して…、私はただの凡人になったようだな。我が儘で、自分勝手な」

知らず、ため息が唇からこぼれる。

だがそれが、なぜかうれしい。

「きっともう…、養子をとっても、自分のすべてで愛してやるようなことはできないのだろう……」

慈しみ、育て、愛して。自分のすべてを受け継がせる。

だがそんな思いが、驕りだったのかもしれない。

人は、まわりから影響を受けて勝手に育つ。一人で育てられるものではない。

ヤーニの手が、そっとセサームの頬を撫でた。

「半分で十分だ」

あっさりと言われて、吐息で笑ってしまう。

ヤーニの手がそっと喉元にかかり、引き裂かれていた前を静かにはだけさせる。手のひらが胸をなぞり、ハッとしたように止まった。

下肢の、セサームの中心がきつく紐で縛られたままなのに気づいたらしい。

くっ…、と奥歯を噛みしめるようにして声を押し殺すと、いくぶん手荒にそれを外してくれる。

「んっ…、あ…っ…」

さすがにほっとして息を吐き出すのと同時に、男の手が優しく、それをあやすようにしてこすり上げた。

「あ……」

無意識に前のめりになったセサームは、男の肩をつかみ、胸に顔を埋めてしまう。

前を慰めながら、もう片方の腕で背中を抱きしめたヤーニが、頭の上からそっと尋ねてくる。

「ナナミは…、結局、シャルクの一味なのか？」

ヤーニにしてみれば、まだ全体の状況が把握できていなかったのだろう。

「内宮に来て…、初めて会った時、ナナミは私の従兄弟だと言った。そして、シャルクの内通者だと」

セサームは男の肩口に顔を埋め、男の手に身を委ねたまま、そっと言葉を押し出した。

「シャルクの内通者でいることで、こちらに情報を流すことができるとね…」

なるほど、と一瞬手を止めて、ヤーニがうなった。

「だが…、ならば、初めから俺に話してくれればいいだろう？」

少しばかり不機嫌に言われ、セサームはそっと息を吐き出した。

「おまえの身近でもう一人、内通者がいることはわかっていた。その人間をあぶり出すまでは、うかつにおまえに伝えるわけにはいかなかったからな」

「イマードか…。いったいどこで変節したんだかな……」

思い出したように、ヤーニが渋い顔でうめく。

「ナナミは…、おまえにあの『赤い蛇』を捕らえさせようとしていた。だが私は……」

「妹の復讐《ふくしゅう》を自分の手ですることを選んだのだな」

言い淀んだセサームのあとを、ヤーニが冷静に引きとった。

それでも指に、くっ…とわずかに力が加わり、セサームは小さく鼻であえぐ。

「危険な真似を……」

思い出したようにヤーニが喉の奥で低い声を絞り出した。

話しながらも、ヤーニの指は器用に動いてセサームの中心を愛撫する。

安心させるように、ただ優しくなぞられているだけだったが、次第にセサームのモノは男の手の中で反応を始めていた。先端から蜜をこぼし、恥ずかしくヤーニの指を濡らして。

それに気づいたように、ヤーニが爪の先で先端の小さな穴をからかうみたいにいじり、時折くびれや裏筋をきつくなぞっていく。

「では、ナナミのことは…、養子にするつもりはないのだな？」

耳元で、耳たぶをかじるようにして聞かれ、セサームは必死にかすれた声を押し出した。

「今のところは…、だな。先は……わからない。あの子の能力は…、買ってはいるからね……」

そんなセサームの返事に、ヤーニがむっつりと鼻を鳴らす。

いかにも気に食わない様子に、セサームは小さく笑った。

ヤーニや、まわりが思っているほど、セサームはナナミを可愛がっているわけではなかった。

能力は買っている。確かに。

だが本当は…、セサームはナナミのことがうらやましかったのだ。

自信に満ちて、ひどくまぶしく見えた。

立って、自由に動いて、自分の身体を張ってヤーニを守ろうとしているナナミに、それができることに――嫉妬したのだ。

だからこそ、自分の手でシャルクを殺すことにこだわったのかもしれない。

自分はヤーニを守るどころか……戦地へ行かせてしまったというのに。

それが悔しくて。

「セサーム…？」

泣きそうになったセサームに、ヤーニが怪訝そうに顔をのぞきこんでくる。

しかしセサームはとっさに顔を背けた。

「……見るなっ。今の私の顔は……醜《みにく》い」

「セサーム…」

意味もわからず、とまどったようにつぶやいたヤーニだったが、そっと息を吐いて、ただ頬をこすりつけてきた。

「わかった。見ないから」

優しく言って、髪を撫でる。

その男の胸にしがみつくようにして、セサームは言った。

「抱いてくれ…」

「え？」

小さな声に、ヤーニが少し驚いたように聞き返してくる。

「早く…、全部、おまえのものにしてくれ…」

男の首に腕をまわし、セサームは男の耳元で頼んだ。

一瞬、言葉をなくしたヤーニが、やがて吐息だけで笑う。

「人生で三番目に幸せな言葉をもらえたな」

口にするが早いか、セサームの顎がとられ、唇が奪われる。そのまま身体が押し倒され、シーツの上に重なり合った。

「好きにしていいか？　無事に帰ってきたご褒美をまだもらっていないことだしな？」

ヤーニに顔をのぞきこむようにして楽しげに言われ、セサームはわずかに視線を逸らして言い返す。


「この間も、好き放題していたと思うが？」

「いや、だいぶん抑えていた」

ぬけぬけと言うと、ヤーニがセサームの額に、首筋に、キスを落としてくる。

「全部、俺のものにするから…、他の男に触られたところを教えてくれ」

「ヤーン…」

いくぶん乾いた声で言われ、セサームは小さく息を呑む。

さっきの男たちに、ということだろう。

ヤーニが破かれたセサームの服を肩から引き下ろし、すべて剝ぎ取って床へ投げる。

自分の服も脱ぎ捨ててから、すべてさらけ出させるように、セサームの両腕を頭上に縫いとめた。

「どこを触られたんだ？」

低く聞かれ、セサームは無意識に目を閉じて震える声で答える。

「手…首……を」

答えたとたん、手首に唇が触れる。

「それから？」

「顔…」

うながされ、セサームは小さく口にすると、額から鼻先、頬、唇から喉元まで、丹念にキスが落とされた。

そのまま首筋から胸へと唇がすべり、片方の乳首を指で弾かれて、あっ…、と小さな声がこぼれてしまう。

「ここは？」

冷ややかに聞かれてうなずくと、唇に含まれ、舌先で転がされる。

「――あぁぁ…っ、あっ…ん…っ」

唾液をこすりつけるようにして舌先でなぶられ、何度も甘噛みされて、セサームは胸をのけぞらせてあえぐ。

濡れて敏感になった乳首を指でいじられながら、もう片方も丹念に唇で愛撫された。

胸に与えられる刺激だけで、セサームの身体の奥からはじわりと甘い痺れが湧き起こり、無意識に足を閉じようとする。

それに気づいたように、男の手が素速く足の間にすべりこんで、すでに頭をもたげていたセサームのモノを手の中にすっぽりと収めた。

「当然、ココも、だな…」

つぶやくように言うと、ヤーニは身を屈め、セサームの片足を大きく抱え上げた。

「やめ…っ」

セサームはとっさに腰を逃がそうとしたが、とても相手にならず、恥ずかしく男の視線にさらされるままになる。

さっきさんざん指で慰められ、胸をいじられて反応してしまったモノが、もの欲しそうに蜜をこぼしていた。

その根元のあたりを指で撫で、双球をやわらかくもむようにしながら、ヤーニはそれをためらいもなく口に含む。

「——んん…っ、あぁ…っ……、ふ…ぁ…っ…」

甘い刺激にたまらず、腰が揺れてしまう。

内腿から膝のあたりまで、優しくセサームの足を撫でながら、男はわざと淫らな音を立てながらセサームの中心をしゃぶり上げる。

「あっ…あっ…あっ……、——あぁ…っ…！」

そのまま指先でさらに奥の筋をこすり上げられ、そのままイッてしまいそうな快感に、たまらずセサームは腰を振り立てた。

「……んっ…、あぁ…っ、まだ……っ」

しかし寸前でヤーニが口を離し、思わず切なげな声がこぼれてしまう。

「たまらないな…」

低くつぶやいたかと思うと、ヤーニが指でこすっていた筋を舌先で執拗になぞり、たっぷりと唾液で濡らしてから、その奥の窪みへ舌をねじこんだ。

「あぁ…っ、ヤーン……っ」

羞恥に声を上げたが、そこに与えられる快感を知っている襞が、恥ずかしく男の舌に絡みついてしまう。やわらかく溶けた襞は指で押し開かれ、さらに奥が味わわれる。

「ここは？　触れられてないだろうな？」

思い出したように顔を上げて聞かれ、セサームは夢中で首を振る。

「よかった…」

小さくつぶやくように声を落とし、軽く音を立てて尻のてっぺんに口づけられる。

そして溶けきった襞をかき分けるようにして、指が二本、熱く待ちわびる中へ埋められた。

「ふ…、あ……」

きつく締めつけ、その抵抗を楽しむように何度も抜き差しされる。中をかきまわされ、さらにはセサームが感じる場所が押し上げるようにこすり上げられて、たまらず腰を振り乱した。

「ヤ……ン…っ、ふ…ぁ…っ、——あぁぁ……っ」

感じきった淫らな表情が見つめられているのがわかり、必死に両腕で覆い隠す。

「セサーム…、今日はダメだ。俺の好きにさせてくれるんだろう？　顔を見せてくれ」

しかしいつになく強気に言われ、脅すように後ろに入れていた指を動かされて、セサームはどうしようもなく腕を放した。

顔を覆いたくなる指先で、必死にシーツをつかむ。涙でぐしゃぐしゃの恥ずかしい顔が男の前にさらされ、とっさに顔を背ける。

「セサーム…」

その頬を両手で包みこむようにしてキスが与えられ、そしてすでにどろどろになっていた後ろに硬く、熱いモノが押し当てられたのがわかった。

「あ……」

それが何かわからないはずもなく、セサームは小さく息を呑む。

「俺が欲しいか…？」

こめかみにキスが落とされ、期待いっぱいの顔で聞かれて、セサームは固めた拳で男の肩を殴る。

「欲しくないのか？」

吐息で笑いながら、さらに意地悪く聞かれて、セサームは両腕をまわして男の肩にしがみついた。

「欲しいと言っているだろう…っ」

真っ赤な顔で声を上げると、動く足を広げて男の腰に絡みつける。

「すごいな…。幸せすぎて、死にそうだ」

ため息をつくようにヤーニが言い、しかしさらに焦《じ》らすように切っ先で溶けきった襞をかきまわしてくる。

もの欲しげに濡れた襞が男のモノをくわえこもうとうごめき、こすられるたびにセサームの身体はいやらしくよじれる。

「早く……っ！」

たまらずうめいたセサームの背中が抱き上げられ、一気に突き入れられた。

「んっ、――あぁぁぁ……っ！」

頭の芯が痺れるような快感が弾け、セサームは大きく身体をのけぞらせた。

しかしかまわず、男はさらに何度も腰を揺すり上げ、さらに深く奥を貫いてくる。

「あっ…んっ…、あぁっ……あぁぁ……っ」

激しく動くたび、セサームの前も男の腹にこすられ、蜜をこすりつけてしまう。そしてさらにその刺激が、セサームを限界へと追い立てる。

「や…ぁ…、や……あぁっ、もう……っ」

何度も抜き差しされ、両手の指を絡めて、密着した腰だけが恥ずかしく揺すり上げられる。

「ヤーン……！」

声を上げた瞬間、ひときわ深く突き上げられ、ふっと意識が途切れるようにセサームは達していた。

浮遊感と失墜感が一気に襲ってくる。

中が濡らされる感覚があり、深いため息とともに男の身体が離れていく。

とっさに、セサームはその背中を引きよせた。しっとりと汗ばんだ腕が、いっぱいに身体を抱き返してくれる。

「俺のモノだ。もう誰にも…、渡さないからな」

熱い吐息とともに言われ、セサームは思わず笑ってしまう。

笑いながら、泣きそうになった。

この男のモノでいたいと思う。

……けれど。

「おまえが私を愛してくれているほど、私はおまえに返せていないのだろうな…」

それを実感する。

この男に与えられるほどのものを、自分は持っていない。

躊躇なく命を投げ出すほどの、ナナミの一途さがうらやましかった。

それでも、この男を手放したくないと思う、強欲さはあるのだ。

「セサーム…、人の愛し方は人それぞれに違う」

小さく微笑んで、ヤーニがセサームの頬を撫でてくる。

「俺がおまえを愛しているように、おまえが俺を愛する必要はない。おまえの愛し方が間違っているわけでもない」

静かに言いながら、セサームの指先にキスを落とす。

「おまえが…、俺のことを欲しいと思ってくれていれば、それでいい」

そう言ってから、少しばかりいたずらっぽい目で見つめてくる。

「俺に抱かれるのは、嫌ではないだろう？　ずいぶんと感じてくれるようになったしな」

どこか満足げなそんな言葉に、セサームはわずかに上目遣いに男をにらむ。

しかしちらっと笑って、とぼけるように返した。

「それはまだ、この程度では何とも言えないな。もう少し、確かめてみなければ」

そんな言葉に、ヤーニが目を見開く。

「人生で四番目にうれしい言葉か？」

男の唇に指で触れ、先まわりするように言って、セサームはそっと微笑んだ――。

エピローグ

タイミングが悪かった、としか言いようがないのだろう。

ナナミが行商の男の目を盗み、干し肉をつかんで逃げた先に、たまたまその男がいたのだ。

「――くそっ、あのガキ…！　泥棒だっ！　捕まえてくれっ」

背中でそんな怒鳴り声が響き、ナナミは必死に逃げていた。

十歳の子供の足だったが、市場近くの入り組んだ街並みだった。逃げ切れる、と思ったのだ。

だが通りに面した茶屋の店先で腰を下ろしていた男が、ひょい、とナナミの足を引っかけたのだ。

「――たっ…！　つっ……」

顔から転んで地面へ転がったナナミの手から干し肉が吹っ飛ぶ。

「何、するんだよっ！」

ようやく起き上がって噛みついたナナミに、男はにやにやと笑って言った。

「ここまでだな」

二十歳を過ぎたくらいのまだ若い男で、いかにも旅人という格好だ。

そのあとすぐに行商の男が追いついてきて、すさまじい形相でナナミの肩をつかむ。

「てめぇ…、泥棒猫がっ！　どこにやった⁉　売りモンを返しやがれっ！」

わめかれたが、すでにナナミの手に肉はない。

あ…、と前方に視線をやると、痩せた野良犬が落ちていた干し肉にすごい勢いでかじりついているところだった。

ガリガリで、貧相で、汚くて。ナナミとそっくりな野良犬だ。

「な…、きさま…！」

それを見た行商の男が、片手でナナミの胸倉をつかんだまま、もう片方の拳を固めて振り上げる。

とっさにナナミは目をつぶり、顔を背けた。

殴られる――と覚悟したその痛みは、しかしやってこなかった。

「な…なんだよ、てめぇはっ？」

代わりにあせったような行商人の声が聞こえ、とまどってナナミがそっと目を開くと、さっきの男ががっちりと振り上げられた拳をつかんでいた。

「アンタもそこまでにしておけ。子供を殴って恥ずかしいとは思わないのか？」

あきれたように淡々と言われ、行商人がいきり立った。

「なんだと、てめぇ…。てめぇには関係ねぇだろっ！　こっちは生活がかかってんだっ！」

唾を飛ばす勢いでわめいた行商人に、男が嘆息する。

「まぁ、気持ちはわかるけどどな。だったら、あの肉の代金は俺が払おう。それでいいだろう？」

あっさりと言うと、懐からつまみ出したコインを男に向かって弾き飛ばした。

あわててそれを捕まえた男は、確かめてパッと顔をほころばせる。ちらっと見た限りでは、銀貨が一枚。かなりの額だ。

「ま、まぁ、代金さえもらえりゃね…」

男に愛想笑いを浮かべ、ナナミをにらみつけてから、行商人が帰っていく。

助かったとは言えるが、ナナミは悔しさに唇を噛んで、男をにらんだ。

——こんなふうに恵んでもらうことじゃない。

そんな思いで。

その目に、男が静かに微笑んだ。

「あの男の言うように、あの男にも養わねばならん家族がある。対価は支払うべきだな」

そんなふうに諭されて、悔しさと恥ずかしさでいたたまれなくなる。

逃げ出そうとした時、いきなり男がひょい、とナナミの身体を抱き上げたのだ。

そしてそのまま、ナナミを膝にのせて、すわっていた茶屋のベンチの隣に腰を下ろした。

「なに…っ？」

あせったナナミにかまわず、男はバタつかせるナナミの足から、靴を脱がせてしまった。

すでに穴が空き、底が剝がれそうになっているボロボロのもので、恥ずかしさに顔が熱くなる。

「ずいぶん履《は》きこんでいるな……」

ナナミを横へ抱き下ろしてから、片方ずつ靴を手にとって泥を払い、いろんな角度からそれを眺めて、男が低く笑った。

「か…返してっ」

「直してやるよ」

ナナミはあわててとりもどそうとしたが、男はあっさりとそう言うと、おもむろに持っていた小さな荷物の中から、大きめの針と麻糸をとりだした。

そしてやはり荷物の中から丈夫そうな端切れを探し出すと、穴にあてがいながら、靴の底と縫い合わせていく。

えっ？　と驚きながら、見かけによらない器用さに、ナナミはさらに目を丸くしていた。

「……ああ、待ってる間に食ってろよ」

いつの間にか注文されていたらしい茶と菓子――

パイ生地にクルミやアーモンドを入れて堅焼きにし、蜂蜜をかけた田舎の素朴なものだ――が出され、ちらっと横目にして男が言った。

「……あなたに施してもらういわれはありません」

しかし意地もあって、むっつりと言ったナナミに、男がちらっと口元で笑う。

「俺もガキの頃は、近所のにーちゃんに時々おごってもらったよ。子供の特権だろう？」

そんなふうに言われると、いいのかな、という気になる。そうでなくとも、極限まで腹は減っていた。

「……さあ、できたぞ。ちょっと左右で形が違ったけどな」

腹にたまる甘い菓子を三つ、立て続けに食べたところで靴が直し終わったらしい。

ほら、と男がナナミの足をとって履かせてくれる。

それがひどく恥ずかしかった。

両方の靴がもどると同時に、急いでベンチから飛び降りる。

と、その勢いで、懐に入れていた冊子がすべり出し、男の足元に落ちた。あっ、とあわてて拾おうとしたが、ひと足早く男の手が拾い上げる。

寺院でもらった、古い算術の教科書だ。

それをナナミに差し出しながら、男が言った。

「こちらも大事に使っているようだ。それほど志のある者が、盗みで心をすり減らすような、もったいない真似をするな」

「あなたには…、わかりませんっ」

しかしそんな言葉に、たまらずナナミは声を上げていた。

やりたくてやっているわけではない。

噛みつくようにわめいたナナミに、男は静かに続けた。

「わかるさ。俺も貧しい家の出だ。ここよりも遥かに田舎のな」

ただ穏やかなその声に、ナナミはハッと息を呑む。蔑むことも、哀れむこともなく。

まっすぐに男はナナミを見つめていた。

「理不尽なことも多かろう。だが、弱さに心が屈しては負けだ。おまえなら、幸運を必ずこの手に引きよせることができる」

そう言って、男がぎゅっとナナミの両手を握った。

そして気持ちをこめ、祈るように目を閉じて、強く唇に押し当てる。

……こんな子供相手に。

ナナミは驚いたのと、とまどったのと、そして胸の奥が熱く、泣きそうになって、何も言葉を返すことができなかった。

と、その時、いくぶんあわてた様子で数人の男たちが小走りに近づいてきた。

「執務官殿！」

その呼びかけに、立ち上がった男がちらりとそちらに視線をやる。

そして軽くナナミの頭に手をやり、くしゃくしゃと頭を撫でた。

「おまえはいずれ、中央まで来られるよ。今度はラマ・ガハルで会おう」

大きく笑ってそう言うと、バタバタと前で立ち止まった男たちに向き直った。

「ヤ…ヤーニ・イブラヒム様ですね？　申し訳ございませんっ。その…、お出迎えが行き違ったようでして……」

蒼い顔で、男の一人があやまる。

「いや、私が見つけ損ねたのでしょう。お手を煩《わずら》わせて申し訳ない」

「お待ち申し上げておりましたっ。……あの、お供の方は……？」

「一人ですよ。若輩者ですのでね」

どうやら相手はこの地方の官吏たちらしい。どちらも四十を過ぎ、身なりからしてもそこそこの立場にいるように見える。

しかしひょうひょうとした調子で対する男は、さらに身分が高そうだ。

――役人……？　中央の？

どうやら、この地に視察で訪れたものらしい。

とても官吏のようには見えなかったけれど。

地方の役人たちに先導され、その男――ヤーニ・イブラヒムが小さくまとめられた荷物を肩に引っかけ、あとに続く。

途中、ふっと思い出したように振り返って、ナナミに片手を上げた。

それだけの出会いだった。

だがそれは、両親が亡くなって以来、初めて与えられた温もりだった。薄汚れた子供を膝の上に抱き上げてくれ、頭を撫でてくれた。

そして未来を、示してくれたのだ。

のちにナナミが僧院に入ってから、あの時ヤーニがそこにいた役人の一人に、寺院の導師にナナミのことを僧院に推薦するように頼んでおいてくれたのだと知った。

一言だけ、礼が言いたい、と思った。

あの時、口にできなかったお菓子と靴の礼を。頭を撫でてもらった礼を。

そのためだけに、ナナミはラマ・ガハルに来たのだ。

……あの人に、会うために。

もちろん遠い昔の、あんな些細なことをヤーニが覚えているとは思っていなかった。あの人にとっては、よくある日常の一つに過ぎなかっただろうから。

それでもナナミは、あの時の出会いで人生が変わった。

そしてハイサムとの——シャルク・アームジーとの接触にも、別の意味を持つようになっていた。

シャルクがピサールの高官を標的にしていることはわかっていたし、ならば……このままハイサムとの関係を続けることで、何か情報が得られるのではないか、と。

それは、身体を引き替えにすることだったが、後悔やためらいはなかった。

誰に強制されたわけでなく、自分が決めたことだ。

そしてヤーニが宰相となってからはさらに、ハイサムとの関係は切れなくなった。

彼らが、ヤーニを狙うことは確実だったから。

もちろん口の軽い男ではなかったが、それでも時折、ハイサムの――シャルクの標的をうかがうこともできた。

その頃のナナミでは、いくら情報を手に入れたところでヤーニに伝えるすべはなく、彼らの手がヤーニにまで伸びないことを祈るだけだったけれど。

ナナミは、あえてヤーニへの恨みを口にすることで、ずっとハイサムを牽制してきた。

ヤーニ・イブラヒムは自分の獲物だと。いつかラマ・ガハルへ出仕できるようになったら、自分の手で殺すのだと。

どの程度の抑止力になったかは疑問だが、それでもナナミが少しずつ中央へ近づくにつれ、そしてシャルクにしてもなかなかヤーニに接近できない状況もあったのだろう。時間はかかるが、疑われないようにじっくりとナナミを大宮殿へ送り、宰相やセサームに近づけようか、という考えになったようだ。

ヤーニが自ら、テトワーン攻略に動いた時にはあせったが、それでもそれを機に、ナナミはセサームと対面することができた。

自分の血のつながった従兄弟という以上に、セサームはヤーニとは僧院時代からの友人であり、そして――もっと深く、特別な関係にあるのだとわかった。

何を期待していたつもりもなかったはずだが、やはり衝撃だった。

だがそれでも、何よりも、ヤーニの命を守ることが重要だった。

ヤーニの身近に、シャルクの内通者がいる。

それがわかった以上、その人間をあぶり出す必要があった。

そしてそのためには、まず、何としてもセサームに信じてもらわなければならなかった。

「私は…、シャルク・アームジーの内通者でございます」

そう口にした瞬間、捕らえられ、処刑される恐れもあったけれど。

嘘やごまかしが通用するとは思わなかった。

だから初めて対面した時、セサームにはすべてをさらけ出して話した。

自分の生まれと育ち。ヤーニと出会った時のこと。ハイサムとの関係も――。

最後まで一言も口を挟まずに聞いていたセサームは、話し終わったあと、一つだけ、ナナミに尋ねた。

「ヤーンが…、好きなのか？」

◇　◇

「新しい部屋の用意ができるまで、しばらくはここで休め」

翌朝――。

運ばせた朝食をとったあと、ヤーニがそんなふうに言ってきた。

真面目な表情ではあったが、下心がかいま見えないでもない。

「いや、その必要はあるまい。もう私の部屋も片づいているだろうしな」

「死体があった部屋だぞ？」

珈琲を飲みながらあっさりと返したセサームに、ヤーニが眉をよせる。

「血だまりのついた絨毯《じゅうたん》を替えれば十分だろう。いちいち気にしても仕方がない」

そうでなくとも、数カ月前に部屋替えをしたばかりなのだ。

その時は一人どころか、数人の死体が転がってしまったので、否応なく、だったが。

「意外と図太いな…」

ヤーニがあきれたのか、感心したのか、ため息をついてうめいた。

と、その時、失礼いたします、と淡々とした声とともにナナミが入ってきた。

「……何の用だ？」

ナナミの立場は理解したはずだが、やはり胡散臭そうにヤーニが尋ねる。

シャルクはともかく、ナナミがセサームの弟子という立場が変わるわけでなく、さらに言えば養子候補から外れたわけでもない。

セサームがナナミを買っていることには違いないのだから。

そのあたりの複雑な思いだろうか。

もともとナナミは、セサームの「お気に入り」ということを他の人間の前で強調する必要もあって、あえてヤーニにはつっかかっていたところもある。

セサームとしても、同様にナナミを可愛がっている――ふりをしていたわけで。

「ああ…、私が呼んだのだ」

何でもないように口を挟んだセサームに、ヤーニがむっつりとふて腐《くさ》れたように、どかっとソファに腰を下ろした。

「ヤーン、実はシリィをおまえの下につけた方がいいのではないかと思ったのだが？」

「あぁ？」

しかしいきなりのセサームの提案に、ヤーニが怪訝そうにセサームを見つめ返してくる。

え？　とナナミ自身、驚いたようにセサームを見つめてきた。

「何でまた…？　おまえの弟子で正式な秘書官なのだろう？」

　ヤーニが眉をよせて聞き返した。

「もちろん、司法庁でも手放したくはない逸材だけどね。だがシリィの能力は、むしろ宰相府の方が向いているだろう。これまでの経験にしても、知識にしてもね」

　そんなセサームの言葉に、反論できないようにヤーニが低くうなり、渋い顔でじろじろとナナミの様子をうかがってくる。

「しかし…、その男だって、俺の下で働きたくはないんじゃないか？」

　顎を撫でながら言われて、ナナミがわずかに視線を落とし、それでも静かに口を開いた。

「私は…、どちらで勤めさせていただいても、よい勉強になると思っております。仮にも宰相閣下でいらっしゃるのですし、学ぶべきところも多いかと」

「仮にも？」

　ピキッとヤーニのこめかみのあたりがヒクつく。

　わかっていて言っているあたりがナナミらしい。

「失礼を」

　澄ました顔で、ナナミが頭を下げた。

「仮にも宰相閣下の部署は、常に人手不足だからね。シリィの助けがあれば、少しはおまえが私の相手をする余裕もできるだろうと思うのだが？」

　意味ありげに続けたセサームの言葉に、ヤーニがますます渋い顔をする。が、否定はしない。

「それは…、まぁな…」

　ちらちらとセサームとナナミを見比べ、受けるかどうかを考えているようだ。

そんな様子に、ナナミがふっ、と唇で笑った。

「意外とヘタレですよね、ヤーニ様。セサーム様には弱くていらっしゃる」

「気に食わんっ！」

ソファから跳び上がる勢いで、ヤーニがわめいた。

「だが、有能だろう？　シリィがいないと、すでに宰相府の仕事の半分がまわらないと聞いたが」

「それがよけいに腹立たしいのだっ」

指摘したセサームに、ヤーニがさらに嚙みついた。

「ヤーン、シリィが優秀なことは、おまえも認めるだろう？」

いくぶんなだめるように、セサームが言う。

「それは…、まぁな」

渋々、ヤーニがうなずいた。

「いつまた寝返るかわからないと心配するくらいなら、私の側においておくよりは、おまえがシリィをうまく使いながら、近くで見張っていた方がよくはないのか？」

さらにそんな指摘に、むう…、とヤーニがうなった。

そして、大きな息を吐き出す。

「そうだな…。俺のところで使った方がよさそうだ」

そんな言葉に、ピクッとナナミの身体が緊張したのがわかる。

それでも表情は淡々としたまま、小憎たらしく頭を下げた。

「よろしくお願いいたします」

「ああ…。頼むから、まわりとはうまくやってくれ」

「善処いたします」

仏頂面で言われて、ナナミが過不足なく答える。

「シリィ」

何気ないように、セサームがナナミを近くに呼んだ。

「いじめられたらいつでも帰っておいで」

いかにも当てつけのように優しく言ったセサームに、「そんなことをするかっ」とヤーニが心外そうにわめいている。

「残念だが、司法庁より宰相府の方が、おまえの力を活かせるだろうからね」

穏やかに言ったセサームに、はい、とナナミがうなずく。

それは、確かだと思う。これまでのナナミの仕事ぶりをみても、宰相府に向いていると思う。

――ただ。

「あの男は、私のものだ」

小声でさらりと、セサームは口にした。

ナナミがハッと目を見張る。

「おまえにはやらぬよ」

その目を見つめ、静かに言ったセサームに、ナナミがそっと息を吸いこんでから、一礼する。

「ありがとう……、ございます」

かすれた、小さな声で返してきた。

ヤーニのもとへ行かせたことか、はっきりとセサームが告げたことか。

「今日から移っていいよ」

何気ない、そんな言葉でナナミを送り出す。

「はい。では異動の準備をさせていただきます」

ナナミがもう一度頭を下げ、そしてヤーニに向き直った。

「ヤーニ様」

うん？　とヤーニがナナミに視線を向ける。

「ありがとうございました。……よろしくお願いいたします」

「ああ…」

いやにきっちりと挨拶されて、ヤーニが少しばかりとまどったように首をかしげる。

頭を下げたナナミの横顔に、一滴《ひとしずく》、涙が伝っているように見えた。

そのまま足早に部屋を出たナナミを見送り、セサームはヤーニに向き直った。

「シリィのことは、身辺を気にかけてやってくれ。これであの子は、シャルクにとっても裏切り者となった。……カナーレと同じくね」

それもあって、宰相府へ行かせることにしたのだ。

何かあった時、自分の下にいるよりも、やはりヤーニの手元の方が安全だ。警備もしっかりしている。

ああ…、とわずかに目を見開いて、ヤーニがうなずいた。

「気をつけておこう」

いくぶん厳しい横顔でうなずいた男に、セサームは思わず、つぶやいていた。

「ひどい男だな…」

あの子はおまえを守るために身体を汚し、命をかけたというのに――。

「何？」

聞き損ねたように問い返してきたヤーニに、いや、とセサームは首を振る。

ナナミにしても、ヤーニに気づいてほしいと思っているわけではないのだろう。

同じ十歳の時に、この男と出会った。

同じ血を持って生まれて。

何かがほんの少しずれていれば、おたがいの立場は違っていたのだろう。

セサームは自分の幸運を知っていた。

先にこの男に出会えたこと。

愛して――もらったこと。

だからこそ、手放すことはできなかった。
この男はやらない。
絶対に、譲らない——。

end.

ウィンター・プレジャー

ようやく季節も春めき、モレア海の海賊たちも冬場の荒れた海から解放されて、本格的な始動に向けて準備を始めていた。

酒を抱えて布団の中で丸くなっていた男たちも、のっそりとねぐらから顔を出し、さながら冬眠明けのクマのようだ。

この日の午後、アヤースは半月ぶりにシェルシェルの館に帰ってきた。

モレアの海賊たちにとっては、やはり春から秋が仕事時期で、冬場はおおむね休養や、艦《ふね》のメンテナンスに時間を割《さ》いている。あるいは、新しい武器の開発とか、新しい艦の建造とか、だ。

造船や武器の鋳造《ちゅうぞう》などは、海賊ではなく専門の職人がいるわけだが、現場の意見を反映させるために特に冬場は、よく職人のもとを訪れて打ち合わせをしているのである。

アヤースも、仮にも艦隊司令官としての立場にあるわけで、そうした工房にはできるだけ足を運ぶようにしていた。

もちろん、こちらから「こういう時に使える武器が欲しい」とか、「もう少し小型化、軽量化してほしい」とかの要望を出すことも多く、やはり細かい意見のやりとりは必要だ。

モレアの海賊、プレヴェーサの本拠地は、シェルシェル諸島と呼ばれるモレア海の真ん中に点在している島の中にあるのだが、そうした工房は統領一族が館をかまえる島とは別の、近在の島にある。

館のあるメインの島から目視できるくらいで、往来にも小船を使い、決して遠くはないのだが、かといって気軽に日帰りするには少々、きつい。打ち合わせが長引いたり、試作品ができるのを待っていたり、さらにそれに注文をつけたり、あるいはうっかり天候が悪かったりすると、数日泊まりにもなる。

それも、一カ所をまわればいいというわけでなく、この時もずるずると長引いてしまっていた。

おかげで、今朝方までアヤースの機嫌はかなり悪かった。

統領の代理として、一緒に引きまわされていたウィラード＝シロッコがげっそりとした顔で後ろからついてきている。

ちなみに、アヤースの副官であるジル・フォーチュンはこの冬場、「実家」と言えるディノスのボリスの館へさっさと帰っていた。

アヤースやシロッコは、基本、実践型の人間なので、職人への要望にしても「もうちょっと、バーン！　と行けるように」とか、「もっとちゃっちゃっと動かせるヤツ」とか、たいがい大雑把《おおざっぱ》な感性で語られるので、かなり意思の疎通《そつう》がとりにくい。

ジルがいれば、その間をとりもって、アヤースたちの言いたいことを、もう少し数値的に翻訳してくれるところなのだが。

ジルの不在が、職人との意思疎通に時間がかかり、打ち合わせが長引いてしまった原因とも言える。

とはいえ、むしろアヤースにしてみれば、ジルだけでよかった、という方が大きかった。

うっかり、統領であるレティとその姉のアウラ、双子の姉弟が母親のエイメの懇願に負け、サヌアで冬を過ごすことになっていたら、間違いなくカナーレも引っ張っていかれる。

さらには、サヌアの最寄りの港であるパドアに入港することになり、そうなると、海賊たちは大喜びだっただろう。なにしろパドアは、モレア海沿岸では最大の交易港である。遊ぶ場所も、きれいどころも多い。

だがパドアに入港すると、十中八、九、パドアを支配するオルセン大公からの招待があり、その館に滞在することになったはずだ。

その場合、やはりカナーレは大公――むしろ、前大公、というべきだが――の話し相手に引っ張られることはわかりきっていた。

つまりアヤースにしてみれば、多少雑用は増えるが、冬場はシェルシェルが一番いい、ということになる。

この冬の大まかな仕事もこれで片づいたことだし、あとは本格的な海賊シーズンに入るまで、しばらくはのんびりと過ごすつもりだった。

のんびりと、ではあるが、もちろん、カナーレと、だ。

プレヴェーサの統領付き作戦参謀という立場にあるカナーレとは、……まあ、そういう関係である。

常に行動をともにしている、とはいえ、ふだん乗船している艦は別なのだ。

カナーレは旗艦《きかん》である「ベル・エイメ」に乗っているし、アヤースは自分が指揮する「ブードゥーズ」にいる。しょっちゅう、アヤースが旗艦に入り浸っているように思われているようだが、実際には港に立ちよった時くらいしか、一緒に過ごす時間はないのである。

何日もまとまってベッドの中で過ごす、などという贅沢《ぜいたく》は、実際、冬場のこの時期くらいだった。

そんなわけで、面倒な仕事を終え、正々堂々と、この先はカナーレをかまってやろうと、勇んで帰ってきたところだった。

「――あ、アヤース！　帰ってきたんですね」

正面の玄関を入ったところで、ちょうど二階から下りてきたハロルドが気づいて声を上げる。

「カナーレは上か？」

それを大股《おおまた》で追い越しながら、アヤースはろくに顔も見ずに尋ねた。尋ねた、というより、確認しただけだ。

さすがに館の中は暖かく、羽織《はお》っていた厚手のマントを脱ぎ捨て、無造作に後ろへ飛ばすと、ハロルドがあわててそれを受け止める。

「えっ？　あ、はい…、ええと、お部屋ですけど」

マントを抱えて、なんとか答えたハロルドにかまわず、アヤースはとっとと二階へ上がる。

「……そこは先に統領に報告じゃないっすか？」

「すごい、ないがしろにされてますね…、統領」

「てゆーか、サカリ過ぎっていうか…」

シロッコとハロルドがヒソヒソと背中で話している声が聞こえたが、知ったことではなかった。


もう半月以上も顔を見ていないのだ。

と、二階のカナーレの部屋へまっすぐに向かおうとしたアヤースだったが、目敏《めざと》くそれを見つけたらしい邪魔者が一匹、大きな身体をいっぱいに伸ばして走りよってきた。

「ワンッ！　ウーッ、ワンワンッ！」

相変わらず敵意丸出しで嚙《か》みついてくる。

拾った時は——カナーレが、だが——子犬だったくせに、あっという間にでかくなりやがった黒い犬だ。泳ぎの得意なカン・デ・アグア種である。

「どけ、犬」

足止めされたアヤースは、腕を組み、むっつりとそれをにらみつけた。

マオ、という名前があるのだが、アヤースがまともにそれを呼んだことはない。

カナーレに拾われたマオは、カナーレだけをご主人様と認めているらしく、アヤースとは顔を合わせるたびに角を突き合わせる仲だった。

……とはいえ。

「どうした？　このところはあきらめて、少しおとなしくなっていたかと思ったが」

少しばかりアヤースは首をひねる。

さすがにアヤースとカナーレの仲を認めた――わけではないだろうが、しぶしぶ、アヤースがいる時にはおとなしく部屋を出るようになっていたのだ。

「マオ？　どうかしたのか？」

と、扉の向こうからくぐもった声が耳に届く。

聞き慣れた声だ。

さすがに屋内での大きな鳴き声に異変を感じたのだろう。

その声に、くるり、とマオが身体をひねって扉の方に向き直ったのに、アヤースはとっとと脇を抜けて部屋に近づく。

わんわんわんっ！　とうるさく吠《ほ》え立てるのにかまわず、アヤースは無造作に扉を開いた。

そこそこ広い一室は、部屋の中央にテーブルとソファがおかれ、その向こうはテラスへ通じる大きな扉がある。

冬場の今は閉ざされていたが、淡い光はいっぱいに入りこんでいた。

そして、奥の一角には大きめのベッドがあり――カナーレがその上にすわりこんでいた。

淡い緑にくすんだ髪がふわりと揺れ、蒼《あお》く美しい瞳《ひとみ》がスッ…と、まっすぐにこちらに向けられる。

その瞳に映る自分が、どんな姿なのか――。

アヤースは無意識に、吸いこまれそうなその目を見つめ返してしまう。

「あら、アヤース」

しかし声を上げたのは、その同じベッドの端《はし》に腰掛けていたアウラだった。

華やかな赤毛がよく目立つ、プレヴェーサの姫君である。とはいえ、二十歳を待たずにすでに二歳の子持ちだったが。

どうやらアウラが来ていたらしい。

「アヤース…？」

ハッと、ようやくカナーレが気づいたようにつぶやいた。

目の不自由なカナーレだが、ふだんなら、廊下を歩く足音でもアヤースと察したはずだ。が、さっきはマオが吠えていたせいだろう。

そしていたのは、アウラだけではなかった。

そのカナーレのベッドの上、アウラの膝《ひざ》、そして気がつくと部屋の絨《じゅう》毯《たん》の上にも、ころころと子犬が転がっていた。

全部で……五匹、だろうか。

三匹ほどがカナーレの膝にじゃれつき、カナーレも両手でそれぞれに子犬の頭や身体を撫《な》でてやっている。

やわらかな、幸せそうな微笑《ほほえ》みで。

「アヤース…、お帰りなさい。お疲れ様でした」

気をとり直したように、カナーレがわずかに首を傾けて口にする。

「ああ…。何だ、その犬は？」

アヤースとしては、顔を合わせた瞬間にでも押し倒したいところだったが、さすがにこれだけ邪魔が多くてはそれも無理だ。

「マオの子供なんですよ。十日ほど前に生まれたばかりなんです」

見たこともないほど無邪気な、幸せそうな顔でカナーレが報告する。

「やっぱり子犬は可愛いわよねーっ」

それにアウラも一緒になってはしゃいだ。

アヤースは思わずちろり、とすぐ側まで来ていたマオを見下ろす。

「おまえもやることはやっていたわけだな」

時にはベッドの上まで、カナーレにつきまとっていたわりには。

それにすました顔で、わんっ、とマオが一声吠えた。

子犬はまだ毛は縮れておらず、つやつやした黒いのと茶色いのが数匹ずつ、入り乱れていた。

新しい遊び相手とみたのか、興味津々に、子犬が二匹、アヤースの足にじゃれついてくる。

が、アヤースとしては、カナーレのところに行くのを邪魔されているようにしか思えない。

チッ…、と思わず舌打ちしたアヤースに、カナーレがあわてて声を上げた。

「蹴《け》らないでくださいね。ほんの子犬なんですから。本当に死んでしまいますよ」

マオを蹴飛ばしたことのあるアヤースは、しっかりと釘《くぎ》を刺され、思わず低くうなる。

「嫌がらせか、きさま…？」

じろり、とマオをにらみつけると、マオがしっぽをパタパタと振りながらそっぽを向いた。

「……おまえ、まさかその犬と一緒に寝ていたわけじゃないだろうな？」

ふと思いついて問いただしたアヤースに、あっさりとカナーレがうなずく。

「このところ、ずいぶんと冷えこんでいましたから。温かかったですよ、五匹もいると」

「子犬たちもカナーレが好きなのよ。夜は必ず、この部屋に帰ってくるものねー」

膝を上がって、胸に足をかけた子犬をくすぐったそうに抱き上げて答えたカナーレは、まったくアヤースの言葉の裏にも気づいていなかったようだが、アウラの方は明らかに嫌がらせだ。

にっこりと挑戦的にアヤースに笑ってみせる。

「子犬がころころしてると、本当に癒《いや》されるわー。お風呂に入れるのも可愛いのよっ」

さらに意味ありげに言われ、ピクッとこめかみのあたりを引きつらせながら、アヤースは努めて声を抑えて言った。

「さっさとどこかへ配ってこい。全部おいてたら増殖する一方だろう。このでかいのだけでも持て余しているくらいだろうが」

「ネズミじゃあるまいし。犬が五、六匹いて、狭くなる家じゃないわよ。……アイルだって、遊び友達が増えてうれしいわよねえ？」

そんなアウラの呼びかけに応えるように、カナーレの横でもこっと膨らんでいた布団がめくれ、小さな子供が顔を出した。

「カナーレ…っ」

舌足らずな声がにこにことカナーレの腕にしがみつき、もう片方の手で子犬を抱えようとしている。

「ガキもいやがったか…」

思わずアヤースは低くうなった。

アウラの息子のアーガイルだ。こいつもまた、カナーレには必要以上に懐《なつ》いている。そしてなぜか、アヤースには懐かない。……まあ、いつもアヤースがアイルの前からカナーレをかっさらっているからだろうが。

つまり、カナーレがこいつらの相手をしている間、アヤースは放っておかれるわけだ。

「子供と動物には勝てないのよ。それがダブルで来られちゃねぇ…」

おほほほほほっ、とアウラが高笑いした。

しかし二週間ぶりに帰ってきて、アヤースとしてもいろいろと限界だった。

チッ、と舌打ちすると、足元にじゃれつく子犬を蹴散らしながら、ベッドへ大股に近づく。

「ア…アヤース…？」

その気配を感じ取り、とまどったようなカナーレの腕を強引にとると、ベッドから引きずり出した。

「なっ、アヤース…っ!?」

飛ばされた子犬がきゃんっ、と鳴き、引き剝《は》がされたアイルが、大声で泣き出す。

「やぁぁっ、カナーレ…っ、カナーレ…っ」

「ちょっと、アヤース！」

追いかけてベッドから落ちそうになったのを、アウラがあわてて抱き上げた。


かまわずアヤースはカナーレの腕をつかんだまま、強引に廊下まで引きずり出す。

扉の外の壁にカナーレの身体を押しつけると、ドン、とその横に片手をたたきつけた。

しかしその程度で怯《おび》える男でもなく、カナーレがそっと顔を上げる。

「アヤース…？」

「まさか、あのガキとも添い寝していたのか？」

低く質問——ではなく、詰問したアヤースに、あっ、とようやく気づいたように、カナーレがあわてて顔を伏せる。

「あの…、ええ、それは……。アイル様も子犬もまだ小さいですし」

おずおずと、ようやく言い訳した。

それでも以前、マオをベッドに入れるな、と命令されていたことを思い出したのだろう。……まあ、少しあとになって、それも許してやったのだが。

アヤースには当然、それを命じる権利がある。

すべて――この男のすべては、自分のモノなのだから。

カナーレも、それはわかっているはずだ。

「二週間ぶりに帰ってきて…、こんなに焦《じ》らされるとは思わなかったが？」

こめかみのあたりから頬《ほお》まで、唇をすべらせるようにし、耳元をかすめるようにしてアヤースはささやく。

「ずいぶんと飢《う》えさせられたあげく、…な」

「それは……、私のせいではないでしょう？」

カナーレが少しばかり拗《す》ねるように顔を背けた。

「俺としては、おまえを連れて行ってもよかったんだがな。……二週間もガキにおまえを貸してやったんだ。そろそろ返してもらっていいと思うが？」


そんなふうに言いながら、アヤースはカナーレの服の上から、そっと片手で胸を撫で下ろす。指先で見つけ出したほんの小さな突起を、狙い澄ましてきつくなぶってやる。

「――ん…っ、あ…っ、アヤース…！」

あせったように、カナーレがその手をつかんだ。

しかしかまわず、執拗《しつよう》にアヤースは胸をいじり、もどかしげにカナーレが身をよじるのを見つめる。

「あ……」

壁に背中をこすりつけるようにしながら、カナーレの口から小さなあえぎ声がこぼれると、アヤースはその手をさらに下へとすべらせた。

無造作に裾《すそ》をめくり上げ、下衣の中へ指をすべりこませる。

「アヤース…！　こんなところで…っ」

カッ、と頬を染めて声を上げたカナーレに、アヤースは密やかに笑った。

「そんな声を上げると、誰かがよけいに気になってのぞきに来るぞ」

指摘され、ハッとしたようにカナーレが必死に唇を嚙む。

身体を支えるように伸びた片手が、ぎゅっときつく、アヤースの肩をつかんだ。

迷いなく男の中心へ伸ばした指を、まだ反応を見せないモノに絡《から》め、アヤースは手の中でゆっくりとしごき上げる。

「——あっ…、ん…っ、んん…っ」

カナーレはなんとか腰を逃がそうとするが、壁に押しつけられた形では逃げようもなく、ただもどかしげに揺れるだけだ。

次第に熱い吐息をこぼし始めた唇が誘うように薄く開かれ、アヤースは本能のまま、その唇を自分の口でふさいだ。

「ん…っ」

無意識のように、カナーレの手が背中にまわり、引きよせるみたいにうなじのあたりに触れる。

舌先でやわらかな唇をなぞり、その間を割って、アヤースは強引に自分の舌をねじこんだ。

中で待ちわびていたような熱い舌を絡めとり、根元からきつく吸い上げて、たっぷりと味わう。

同時に下肢をなぶる指も動かし、先端から根元まで、裏筋のあたりもこすり上げてやる。

手の中でカナーレのモノが素直に反応を見せ始め、上向き始めた先端からは、とろり…と、蜜《みつ》を溢《あふ》れさせた。

それを指先に絡め、さらに全体をこすり上げてやると、カナーレが鼻であえぎながら、腰を揺すり始める。

カナーレを探して、なのか、子犬が二匹ほど部屋から出てきて、うれしそうにカナーレの足元にじゃれつき始めた。

だが、カナーレがそれに気づいているのかどうなのか。

何度も求め合っていた唇をいったん離すと、カナーレがこらえきれないように顔を肩口に押しつけてくる。

「俺がいない間…、ずっとガキと犬をベッドに引きこんでいたわけだな？」

「それは……」

片手で優しげにカナーレの髪をかき上げ、いかにも意地悪く耳元でささやくと、カナーレがあせったように唇を噛む。

「――あぁ…っ」

答えられないカナーレに、お仕置きのようにアヤースはこぼれた蜜でぬめる先端を、指の腹できつめにいじってやる。

「ひっ…、あぁ……っ！」

刺激の大きさに、カナーレがビクン、と大きく身体を反らした。

子犬たちが少し驚いたように飛び退《の》き、しかし用心しながらまた近づいて、カナーレの足をなめ始める。

「あっ……、ん…っ、……あっ、そんな…っ…」

そしてアヤースの指がさらにそこから奥へと入りこんで来るのに、カナーレが動揺したような声を上げ、アヤースの身体にしがみついてきた。

アヤースは細い溝をこするようにしてツッ…、と指を動かし、窄《すぼ》まった一番奥まで這《は》わせていく。

まだ貞淑に硬く閉じている襞《ひだ》に、カナーレがこぼしたもので濡れた指を押し当て、ゆっくりとこすり上げてやる。

「——やっ…ぁ…っ、……あっ…、あ…あぁ…っ」

指で与えられる愛戯に、あっという間にカナーレの後ろはやわらかくほころび始めた。

逃げ場のない中で、カナーレが小さく腰を振り、淫《みだ》らに指をくわえこもうとする。

しかしアヤースはそれを許さず、ただいやらしく収縮を始めた襞をかきまわすだけで焦らした。

「ア…ヤース……っ、もう……っ」

泣きそうになりながら、カナーレが顔をアヤースの肩口に押しつけ、舌足らずにねだってくる。

アヤースは低く笑うと、その頬を手のひらで撫で、無慈悲に下肢から手を離してしまった。

「——や…っ！　アヤース…っ!?」

あせったように顔を上げたカナーレの顔を両手で包みこみ、アヤースは耳元に低く言葉を落とした。

「この先が…、ちゃんと欲しかったら、俺の部屋に来い」

「アヤース…！」

かすれた悲鳴のような声を上げ、カナーレが恨みがましい目でにらんでくる。

ゾクゾクするような、可愛い顔だ。

一時期見せていた壮絶な色気、というより、最近のカナーレはこうした可愛さが目につくようになった。感情が、少し表に出せるようになったせいかもしれない。……もっともアヤースとしては、それも良し悪しなのだが。

アヤースはあえて冷たく、その身体を突き放した。

「犬は連れてくるなよ」

それだけ言うと、足元で跳ねるような子犬を蹴散らし、アヤースはさっさと自分の部屋へ入った。

どう考えても、カナーレの部屋は邪魔が多すぎる。

力ずくで引っぱりこんでやってもよかったのだが、……やはり自分から来させる方がいいだろう。

なにしろ、アヤースがしばらく寒い寝床で独り寝をかこっていた間、カナーレはぬくぬくと犬と子供と寝ていたのだ。

このくらいは焦らしてやってもいいはずだった。

髪を押さえていた布を外し、ベルトを外して、上衣を脱ぎ捨てる。

アウラたちへの言い訳もあるだろう。

どのくらいかかるか、と思ったが。

……さほど待つ必要はなかった。

パタン…、と扉が開き、悔しそうな涙目でカナーレが入ってくる。

「ここだ」

本当に寝に帰るだけのアヤースの部屋は、カナーレのところほど広くはない。部屋の半分はベッドで占められている。

そのベッドの端に腰を下ろし、場所を示すように短く声を出したアヤースのもとに、カナーレが大きく足を踏《ふ》み出す。

迷いなく腕の中に飛びこんで来た身体をしっかりと抱え、ベッドの中へ引き入れると、アヤースはそのまま体重をかけてしなやかな身体を組み伏せた。

「……淋《さび》しかった……、ですよ？」

男の体重を受け止めながら、カナーレが言い訳のようにおずおずと口にする。

それが少しばかり甘えているようにも見えて。

「おたがいさまだ」

短く言うと、アヤースはそれ以上待たず、ようやくとりもどした自分の恋人を抱きしめた——。

end.

あとがき

こんにちは。おひさしぶりの「コルセーア」です。リンクスさん、少し前から装丁が変わっているのですが、こちらはシリーズでそろえていただけるようでうれしいですね。

さて、こちらが本年1作目、になってしまいました。すみません…っ。昨年最後の本になるはずだったのに…。昨年末には、コミックス版の「コルセーア完全版」が上下巻で刊行され、ほぼ同時の予定だったのですが、本当に申し訳ありませんでした。昨年は本当にダメダメでしたね…。各方面に多大なご迷惑をかけまくり、伏してお詫びを申し上げます。

ともあれ、3冊目の外伝になるのですね。ピサール組の二人です。が、むしろ、恋愛面ではセサーム様、そして物語としては、新キャラのナナミちゃんのお話のような気もします。ヤーニをめぐる二人の男、という感じですが、当のヤーニくんがこんな感じなのでなんとも。いや、でもヤーニ様もいつもより少しだけかっこよかったんじゃないかと思うのですが。どうかしら。人間的にはとてもできた人なのですよ。ヘタレだけど(笑)。本当は後半、アヤースが「悪魔殺し《カーチャ・ディアーブロ》」の伝説となった時のお話を書こうと思っていたのですが、つ、次の機会に…っ。機会があればっ。そして、なんとかねじこんだカナーレたちのお話、テーマは「壁ドン」です(笑)。カナーレ、ちょっと可愛くなっておりますね。

あとがき

イラストでお世話になっております御園《みその》えりいさんには、本当に相変わらずで、本当に本当に申し訳ありませんでした。コミックスの方ともども、ありがとうございました！新キャラのナナミとイクスもバスッとイメージ通りで、ひさしぶりにセサーム様たちの麗しい表紙も堪能させていただきました。あっ、今回は御園さんがコミックスの方でオリジナルに出してくださったガリド様が、小説で初登場となっております。素晴らしく魅力的なキャラで、個人的にもとても気に入っております。ありがとうございました。そして編集さんには、昨年は例年に輪をかけてお手数をおかけして、本当に申し訳ありませんでした…。もう今年は全力で！　ペースを引きもどしたいと思います。いつも本当にありがとうございます。

そして、シリーズおつきあいいただいております皆様、初めましての皆様も、ここまでお読みいただきましてありがとうございました。少しでもお楽しみいただければ幸いです。

それではまた、お目にかかれますように――。

1月　　今年は年明けうどんを食べ損ねてしまったです…。

水壬楓子《みなみふうこ》

索引

【アーガイル（アイル）】——アーガイル・ローレン・ファーレス。アウラの息子。

【アームジー派】——ハマード教異端宗派の一つ。

【アウフェリア・ファーレス（アウラ）】——プレヴェーサの姫君。レティの双子の姉。

【アジュール】——「蒼」の意味。カナーレが記憶喪失の時の名前。

【アナトリア】——アウラの乗る艦。太陽を額にいただく女神を船首像に持つ。

【アナベル】——カラブリア王太子・セラディスの異母妹。

【アブドゥル・コンラード導師】——ピサール帝国の執務官。プレヴェーサへ使者として赴いた。

【アヤース・マリク】——プレヴェーサの艦隊司令官。「悪魔殺し」＝カーチャ・ディアーブロの異名を持つ。

【アリア＝タリク】——ピサール帝国内にあるマテジャ国境の一地域（偉大なるタリクの意）。帝国内でもアームジー派の勢力が強く、自治領の扱い。

【アル・バグリー】——ピサール帝国皇帝。

【アル・ミカール】——プレヴェーサの海賊。ベル・エイメの砲撃手。

【アルプ】——アルプハラン大陸の北側一帯の地方。レビア教を信奉する国々が多い。

【アルプハラン大陸】——モレア海、ボーナ海、ヴァロー海に面した大陸。アルプ地方とハラン地方に分かれる。

【アルマダン・イル＝シャイル】——ピサール帝国の皇子。ラティフの異母弟であり片腕。

【アンドレア・コロンサ】——プレヴェーサの海賊。ベル・エイメの艦長。

【イクス・ハリム】——ピサール帝国の都。

【イスハーク・アル・アイン】——通称イクス。ヤーニがアリア=タリク遠征中に目をとめ、引き抜いた質実剛健な軍人。

【イタカ派】——ハマード教の正統とされる一派。ピサール帝国の民が信奉している。

【イマード】——帝史編纂庁の官吏。ガリドの配下。アリア=タリクでのヤーニの活動に協力した。

【イリア】——アイルの乳母。サヌアの商家の娘。

【ヴァロー海】——ピサールとコルラダンの面している海。

【ウィラード＝シロッコ】——レティの副官。剣だけでなく、弓も得意。

【ウルージ＝バルバロッサ】——「赤ヒゲ」と呼ばれる、プレヴェーサの重鎮。

【エイメ】——ローレンの妻。レティとアウラの母。カラブリアの名門貴族デ・アマルダ公爵家の娘。

【エリナ公女】——バルティーニ大公の末娘。

【オセラ家】——ニノア同盟国の一つである13大公家の一つ。サン・スワーレス家の領地と隣接している。

【オルセン大公】——ディーゴ・ニコラ・オルセン。13大公の一人。ニノア同盟国の盟主。

【カウィ】——帝史編纂庁の官吏。ガリドの配下。アリア=タリクでのヤーニの活動に協力した。

【カタリーナ（リーナ）】——カタリーナ・アングラート。パトラスの伯爵令嬢。ユーグの従妹で婚約者だった。カナーレとも従妹になる。

【カナーレ・デラクア】——プレヴェーサの統領付き作戦参謀。盲目。もとは銀髪、今はくすんだ灰色。蒼い目を持つ。

【カラ・カディ】——「黒の執政官」の意味。長老直属のシャルクの暗殺部隊。

【カラブリア】——アルプ地方の大国の一つ。

【ガリオン船】——４本マストの大型船。ベル・エイメがこの種類。

【ガリド・アモーディ】——ヤーニの元師であり、現在は帝史編纂庁長官。実は、「諜報部」をまとめている、食えない人物。

【ガルシア・ドメネク】——ボリスの配下で、キリアンの父。ジルの剣術の師匠。

【ガレリア騎士団】――――――レビア教、また教皇を守護する騎士団の一つ。シンボルは星３つ。
【カン・デ・アグア】――――――泳ぎが達者で漁の手伝いなどもする犬の種類。
【キャラック】――――――船の種類。商船に使われることが多い。
【キリアン・ドメネク】――――――ボリスの配下。ジルの友人で、兄弟のように育った。
【ギレベルト・ヘレス】――――――ミランダ伯爵家に仕え、マーヤの警護役に付いている。短い灰色の髪と灰色の瞳。
【クリスティアン】――――――カラブリアン王太子・セラディスの弟。
【クリバーグ家】――――――ニノア同盟国の一つである13大公家の一つ。
【グルド】――――――パドアの隣町。船大工たちの街。
【クレサンシュ・ドラフォス・ラスパイユ】
――――――司教枢機卿であり、リーズの総大司教。現教皇の実弟
【コルフ騎士団】――――――レビア教騎士団の一つ。船をレビア教を象徴する赤に染めているため、海賊たちには「赤鼠」と呼ばれている。
【コルラダン】――――――３つの海に面した海の要衝。ドービニエ家が代々総督位を受け継ぐパトラスの海外領土だった。現在はピサール領に。
【サッポー】――――――プレヴェーサと取り引きの多いパドアの商人。がめつい。
【サティフ】――――――ナフェルの弟。シャルクの暗殺者。教団を裏切った兄を追っている。
【サドレル家】――――――ニノア同盟国の一つである13大公家の一つ。
【サヌア】――――――ニノア同盟国の沿岸にある保養地。エイメが静養している。
【サン・スワーレス家】――――――ニノア同盟国の一つである13大公家の一つ。現在の大公はアウラ。女大公としての正式名はアウフェリア・エミリア・ファーレス・サン・スワーレス。
【シェイラ】――――――パドアの娼婦。「メリサの娘たち」の一人。アヤースの馴染みだった。
【シェルシェル諸島】――――――モレア海にある群島。プレヴェーサの本拠地がある。
【ジェンティーレ家】――――――ニノア同盟国の一つである13大公家の一つ。
【シハーブ・アッディン】――――――シャルクの暗殺者。カナーレを拾い、剣を教えた男。
【シャイフ・アル・ジヤバル】――――――シャルクの指導者。
【シャルク・アームジー】――――――ハマード教の異端であるアームジー派の最右翼。「暗殺教団」と恐れられる一派。
【シャン＝ブルー】――――――レビア教皇の直轄領である特別区。
【ジャン＝ユーグ・ドービニエ】―パトラスの名門であるドービニエ公爵家の当主。パトラス領だった当時のコルラダン総督。カナーレの兄。
【シュペール家】――――――ニノア同盟国の一つである13大公家の一つ。
【ジル・フォーチュン】――――――アヤースの副官。冷静で知性的。二刀流の使い手。
【白い魚（シル・ムーイ）】――――――カラ・カディのコード名の一つ。
【スパン】――――――金貨。ハラン地方での通貨単位。
【セクアナ】――――――プレヴェーサの艦の一つ。
【セサーム・ザイヤーン】――――――ピサール帝国の司法長官。シャルクに命を常に狙われている。左足が不自由。カナーレの義父。
【セナド・カシエール三世】――――――レビア教皇。
【セラディス】――――――カラブリアの王太子。薄い金髪に灰色の目を持つ。身体があまり丈夫ではないが、頭脳明晰。
【セルベルロン】――――――パトラスの西の半島にある小国。パトラスの属国のような扱いになっている。
【セレイ】――――――シャルクにさらわれてきた少年。ナフェルと行動をともにしている。
【セングリア騎士団】――――――レビア教、また教皇を守護する騎士団の一つ。シンボルは星８つ。
【タンジャ】――――――プレヴェーサの艦の一つ。旗艦に随行することが多い。
【チャド】――――――プレヴェーサの海賊の一人。アヤースの配下。

【デア】——金貨。アルプ地方での通貨単位。
【ティエリ・オルセン】——オルセン大公の弟。実は実子。
【ディノス】——パドアの西にある田舎町。エイメの叔父であるボリスがいる。
【テトワーン】——シャルクの本拠地。場所は特定されていない。「暗殺者の谷」と呼ばれる。
【ドービニエ家】——パトラスの名門である公爵家。
【ドミトリ】——プレヴェーサの海賊。ベル・エイメに乗船。レティの配下。密航してきたナフェルと戦った。
【トラキア】——プレヴェーサの艦の一つ。旗艦に随行することが多い。
【トラス・ラピテ・カドラル】——カラブリアの地方都市。特別自治領となっている歴史ある古都で、仮面祭が開かれる。フェディリーネ大公が元首を務めている。
【ナナミ・セルシア・ダール】——ヤーニの元師であり、現在は帝史編纂庁長官。実は、「諜報部」をまとめている、食えない人物。
【ナフェル】——シャルクの暗殺者。教団を抜け、今は追われている。
【ニノア同盟国】——主だった13の大公家が一つの国家として同盟を結んでいる国。
【パードレ】——プレヴェーサの艦の一つ。旗艦に随行することが多い。
【ハイサム】——シャルクの暗殺者。カラ・カディの一人。コード名は、ギジル・ハイヤ（赤い蛇）。
【パクソス海峡】——コルラダンとカラブリアの間にある海峡。
【ハシール】——シャルクの現「山の長老」。前長老の急死により、長老になったばかりだがテトワーンの陥落とともに、ヤーニに捕縛される。
【ハシム】——ピサール帝国の近衛隊隊長。
【パトリシオ】——カラブリアンの王弟。セラディスの叔父で政治には無関心。
【パドア】——ニノア同盟国にある、モレア海最大の自由都市。オルセン大公領。
【パトラス】——アルプ地方の大国の一つ。
【ハマード教】——ピサール帝国を始め、その周辺諸国が信奉している一大宗教。
【バラシュ大公】——ニノア同盟国の一つである13大公家の一つ。
【ハラン】——アルプハラン大陸の東側一帯の地方。ピサール帝国がそのほとんどを領土としている。
【バルティーニ大公】——ニノア同盟国の一つである13大公家の一つ。
【バレッタ】——マテジャの海岸沿いにある小さな街。レビア教皇とセサームとの歴史的な会談が行われた場所。
【ハロルド・グース】——カナーレの補佐についている少年。
【ピエモン海戦】——プレヴェーサがカラブリアを抜けたあと、モレア海沿岸諸国が共同戦線を張り、海賊退治の名目でプレヴェーサを殲滅させようとした時のもっとも大きな海戦。この戦いでアヤースは名を売った。
【ビクトル・クルセント】——カラブリアの侯爵で、将軍として海軍を統括している権力者。
【ピサール帝国】——ハラン地方のほとんどを領土とする大国。ハマード教を信奉している。
【ファロン枢機卿】——カラブリア在駐のレビア教の枢機卿。次の教皇の座を狙っていた。
【フェルガーナ】——プレヴェーサの艦の一つ。旗艦に随行することが多い。
【プラッツア家】——ニノア同盟国の一つである13大公家の一つ。
【プラノ艦長】——プレヴェーサの海賊。パードレの艦長。
【フリーダ・オルボーン】——ジルの実姉でボリスの養女になる。フェランド伯爵夫人。
【フリゲート艦】——快速艇。軍艦に多い。
【プレヴェーサ】——主にモレア海を活動の場とする海賊の一族。かつてカラブリアの海軍に属していたこともある。
【プレティア】——カラブリアの東の端の半島にある街。ガレリア騎士団の本拠地。
【ベアール家】——ニノア同盟国の一つである13大公家の一つ。
【ベル・エイメ】——レティの乗るプレヴェーサの旗艦。
【ベルジュ家】——ニノア同盟国の一つである13大公家の一つ。

【ボーナ海】――――――ピサールとその周辺国、カラブリア、コルラダンの面した海。
【ボリス・デラクア】――――――エイメの叔父。変わり者と言われるカラブリア貴族。カナーレに自分の姓を名乗ることを許している。
【ポルト・ニノン】――――――セルベルロンにある港町。
【マーヤ・ミランダ】――――――マーヤ・クリスティアナ・イサベル・サン・ミランダ。ミランダ伯爵家の息女で、ガレリア騎士団長。
【マオ】――――――カナーレの飼い犬。魚が好物で東方の言葉で「ネコ」を意味するマオと名付けられた。
【マテジャ】――――――ピサール帝国のシャン＝ブルーと国境を接するアルプの小国。
【マハディア大陸】――――――暗黒大陸と呼ばれている、内陸はまだ未開の大陸。モレア海側は開けていて、コルラダンがある。
【マルセスト騎士団】――――――レビア教、また教皇を守護する騎士団の一つ。シンボルは星５つ。
【マンスール・シェフリ】――――――もとはヤーニの秘書官で、現在はセサームに付いている。アウラ奪回の際には海賊たちとコルラダンへ赴いた。
【マンフリート】――――――カラブリアの国王。
【ミュルース】――――――ニノア同盟国の辺境、パトラスとの国境近くにある小さな港町。
【ミランダ伯爵家】――――――カラブリアの名門貴族の一つ。ガレリア騎士団の後ろ盾であり、代々団長を輩出している。
【ミリナム】――――――カラブリアの現王妃。エイメとは親しい友人だった。
【ムサ・メイナ】――――――セサームの僧院時代の師。
【ムラード】――――――プレヴェーサの海賊。
【メリサ】――――――サッポーの女房。娼館「メリサの館」の女将。
【モガドール】――――――アリア＝タリクへの海の玄関となる港町。
【モレア海】――――――プレヴェーサが主に動いているアルプとマハディアに挟まれた海。
【ヤーニ・イブラヒム（ヤーン）】ピサールの宰相。セサームとは幼い頃からの畏友。
【山の長老】――――――シャルクの指導者、シャイフ・アル・ジヤバルの呼び名。
【ユースフ】――――――アウラの副官。
【ライナス・ハートリー】――――――アウラの警護役。もとはカラブリアの貴族、ハートリー家の三男坊。
【ラティフ・アル＝ラフマン】――ピサールの皇太子。
【ラマ・ガハル】――――――ピサール皇帝や執政官たちの暮らす大宮殿。ピサールの政治、文化の中心。
【ラムーン家】――――――ニノア同盟国の一つである13大公家の一つ。
【ランディア】――――――パドアに隣接する刃物職人たちの街。アヤースの頼む鍛冶屋がある。
【リーグ】――――――距離の単位。
【リーズ】――――――カラブリアの都。
【リーマ・サレイム】――――――ピサール皇帝の23番目の妃。
【リグーリア】――――――コルラダンの沿岸にある自由都市の一つ。
【ルッカ】――――――パトラスとハイファの間にある海峡。
【ルトフィ艦長】――――――プレヴェーサの海賊。タンジャの艦長。
【レイエル】――――――ランディアの鍛冶職人。若いが腕はいい。
【レイプール】――――――ニノア同盟国、オルセン大公領内の港町。大公の別荘がある島のもよりの港がある。
【レオナルド・オルボーン】――――フリーダの息子で、ジルの甥。
【レティウス・ミア・ファーレス（レティ）】
――――――プレヴェーサの統領。アウラの双子の弟。
【レビア教】――――――アルプ地方の多くの国が信奉している宗教の一つ。レビア教皇を頂点とする。
【ローレン・ファーレス】――――プレヴェーサの先代当主。カラブリアの元侯爵。

この本を読んでの
ご意見・ご感想を
お寄せ下さい。

〒151-0051
東京都渋谷区千駄ヶ谷4-9-7
(株)幻冬舎コミックス　リンクス編集部
「水壬楓子《みなみふうこ》先生」係／「御園《みその》えりい先生」係

リンクス ロマンス

太陽の標　星の剣 ～コルセーア外伝～

2015年1月31日　第1刷発行

著者……………水壬楓子《みなみふうこ》
発行人…………伊藤嘉彦
発行元…………株式会社　幻冬舎コミックス
〒151-0051　東京都渋谷区千駄ヶ谷4-9-7
TEL 03-5411-6431（編集）
発売元…………株式会社　幻冬舎
〒151-0051　東京都渋谷区千駄ヶ谷4-9-7
TEL 03-5411-6222（営業）
振替00120-8-767643
印刷・製本所…共同印刷株式会社
検印廃止

ISBN978-4-344-83307-4 C0293
Printed in Japan

幻冬舎コミックスホームページ　http://www.gentosha-comics.net